集英社オレンジ文庫

螺旋時空のラビリンス

辻村七子

The Timelooper Wandering
In The Labyrinth Of Time

イラスト／清原　紘

The Timelooper Wandering
In The Labyrinth Of Time

螺旋時空のラビリンス

過去も未来も、現在にしか存在しない。（ジャバウォック時間遡行《そこう》会社・社訓）

前奏曲

The Timelooper Wandering
In The Labyrinth Of Time
Prelude

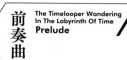

浮遊と着地。

昏睡《こんすい》と覚醒《かくせい》。

二つの位相の間を、意識はしばし、回遊する。

ここは不思議な場所だ。冷たくて暗くて、恐怖と悲しみに満ちている。

自分が存在しているのかすらわからない。

でも何故かとても、懐かしい。

音が聞こえてくる。

地獄の釜の煮えたぎるような水音。

ゴボゴボと喉《のど》を鳴らして、海を飲み干そうとする、悪魔の唸《うな》り声。

鋼鉄がねじまがり、圧《へ》し折れ、軋《きし》む音。

闇《やみ》一枚隔てた場所にある、絶対の静寂。

金切《かなき》り声、泣き声、叫び声。今まさに失われようとしている、膨大な数の生命。

それから——ヴァイオリンの音色。

二つのヴァイオリンに交わって、ヴィオラとチェロの低音が聞こえる。でも俺の耳に残るのはヴァイオリンの主旋律《しゅせんりつ》ばかりだ。恐怖の叫びも、命も、時間も超えてゆくような音。

歌声のようにも聞こえる。確かに誰かが歌っている。阿鼻叫喚《あびきょうかん》の最中であるのに、細い歌声が確かに聞こえる。

一度も聞いたことがないのに、泣きたくなるほど懐かしい。

穏やかな威厳に満ちた演奏のあと、ヴァイオリンを持った男が立ち上がり、何事かを残り三人に告げた。三人？　二人？　よく見えない。


『　　　　』


声は叫び声にかき消されてしまう。

濁流がうねり、逆巻き、全てを飲み込んでゆく。闇と水流の境目が見えない。きっと二つとも同じものなのだ。鈍い振動と、吸いこまれそうな引力。ぐるぐると渦巻きながら飲み込まれてゆく。

天も地もない闇。

永遠のような静寂。

不意の浮遊感。

全ては繰り返しだ。

音。渦。闇。

音。渦。闇。

酩酊《めいてい》感と覚醒。跳躍と着地。

終わらないダンスにも似た小刻みな繰り返しのあと、微《かす》かな光の気配を感じた。

不思議な世界は終わりを告げる。

気にすることはない。これは夢なのだ。

泥棒の見る夢――。

第一幕 お招きの時間はとっくに過ぎてらますよ

The Timelooper Wandering In The Labyrinth Of Time
Act 1

バスの座席に据え付けの、ミニテレビのＣＭが好きな奴《やつ》はいるだろうか。

本当にいるのか。

絶対に逆効果だと思うのは俺だけか？

『だからねぇ、やっぱりオレ思うんですよ。自分はこの仕事向いてるなあって。最初はひやひやしましたけど、ひと通り学校で勉強を終えて、いざ実技ってなると、やー、楽しいじゃないですかあ。これは実際にやらなきゃわかんないと思いますし、誰にでもさせてもらえることじゃないってこともわかってますけど！』

あはははーと、すきっ歯《ぱ》の青年は笑った。ルーヴル駅からバスで十五分走る間に、同じ映像が四度繰り返された。広告戦略とはつまり、消費者が広告を拒否する手立てを一つ一つ踏み潰してゆくことなのかもしれない。ここまでくると、もはや刷り込みだ。

ＪＷというアルファベットと、赤い玉に留まる黒い竜。社章を背にした青年は、空虚《くうきょ》なスマイルを武器に喋《しゃべ》り続けている。十五歳かそこらのはずだ。二年前、学校を卒業したばかりの俺と同じ。

『ジャバウォック社には感謝してもしきれませんよ。親みたいな感覚ですね。ほら、オレたちって戦災孤児《こじ》とか、人身売買に遭った子どもも多いんで。学校に行かせてもらって、仕事をもらって』

バスは石造りの橋を渡る。防弾仕様の窓ガラスから下を覗《のぞ》き込んでも、水は流れていない。半世紀前の戦争で水源が枯れてから、この国の『川』には地図記号程度の意味しかない。うち捨てられた観光船の上には、黒いスプレーでローマ字が大書きされている。F・O・O・D——食い物。隣の船にはM・O・N・E・T——Yの字が歪《ゆが》んで、場違いな印象派絵画の巨匠の名前を綴《つづ》っている。あのボロ船に向かって、食い物と金の代わりに失われし時代の絵画を投げても、焚火《たきび》の薪《まき》に使われるのがオチだろう。水はけも悪く、不衛生で、無気力な暴力が支配する世界の中、枯れ川以外に貧乏人が麻薬にも売春にも手を染めずに生きていける場所はない。

この街だけではなく、この大陸のどこにも。

世界の三分の二を破壊しつくした戦争は、美しいものから最初に壊すと決めた意地悪な神さまのように、各国の文化都市を廃墟《はいきょ》へと変えた。瓦礫《がれき》の山と化したパリを愛《め》でる観光客は、中規模核兵器の被害を免《まぬが》れたオーストラリアの人間が多い。投げ銭を求める言葉は主に英語だ。とっくの昔に枯れた花の都なのだろう。俺の学校の出席番号も英語だった。

『ええ、そりゃあもうね。もらったご恩は仕事で返す、これですよ。オレにできることっていえばね！　そんなわけで皆さん』

次はジャバウォック社前、十八番、と車内アナウンスが流れた。停車ボタンを押すと、乗り合いバス中のランプが赤く点灯する。音もなく灰色の地面に停止したバスから、俺はゆっくりと降りる。空もビルも、一律冴《さ》えない灰色だ。

「『そんなわけで皆さん、泥棒がご入り用になった時には、ぜひとも我が社をごひいきに！』――だよな」

二〇九九年、二月。

世界人口を二十億人まで削り込んだ戦乱と貧困の時代は終わりを告げた。少なくとも世界政府の富とメディアを掌握《しょうあく》している富豪どもはそう言っている。気候変動も地殻《ちかく》変動も食糧不足も宗教戦争も放射能汚染も、彼らには既に些末《さまつ》な問題なのだろう。十九億八千万人の人間は地獄の生活アラカルトを味わっているが、世界の覇権《はけん》を握る残り二千万人は、上下水道完備のシェルター御殿で暮らし、水栽培の無農薬野菜を食べ、廃墟観光で娼婦《しょうふ》を見繕《みつくろ》い、買収したゲリラを私兵に身を護《まも》っている。

万人の平等を謳《うた》う社会という建前は、ゲティスバーグの演説から実に二百年しか存在しなかった。

大英博物館が原子爆弾によって消えうせ、プラド美術館がゲルニカの再来と化し、スミソニアン博物館の人類史コーナーが市街戦の死体置き場になり、故宮《こきゅう》博物院が割れた青磁《せいじ》と共に地割れに呑《の》まれ、ルーヴルの跡地が一企業の社員寮と化した退屈な世界で、殿上人たちは文化の復興に力を注ぎ始めた。文化とは何か。戦乱の時代から脱し、人間が人間らしく生きるために何が必要か。

芸術の振興である。

やっぱり心に潤《うるお》いをくれるのは美術品だよねという結論に落ち着いたらしい。

大変結構な話である。俺には今日明日分の食い物と金さえあればいい。

この浮世離れしたキャッチコピーは単なる綺麗事《きれいごと》のお題目ではない。プルトニウムの半減期を短くするよりも前に、人類の英知は、浪漫溢《ろまんあふ》れる夢を叶えた。

「邪魔するよ」

「ルフか。また重役出勤かい？　いいご身分だなあ」

「守衛が嫌なら替わってやろうか」

「へへ、冗談きついぜ」

枯れ川を背に、バス停から石造りの階段を上る。一つ目のセキュリティチェックは顔パスだ。

ここ十数年のやや安定した時代に、一気に地位を高めた職業は、おおまかに三種類。

一つ目、物理学者——主として相対性理論の周辺分野に広く秀でた者。万能の天才求むといったところか。大規模な機材の維持運営に携《たずさ》われるバイタリティと、貧民の労働力を臆面なく使い潰せる分厚い面《つら》の皮の持ち主に限る。

二つ目、歴史学者——政治史よりも美術史、些末な文化史に詳しい人間が重宝される。そしてもちろん服飾史。裁縫《さいほう》が得意であると尚《なお》よし。

最後に、これらの理論巧者《こうしゃ》たちの期待を一身に背負うのが。

『IDチェックを。判定機に向かって名前を名乗ってください』

「ルフ」

『省略は無効です』

「ダブルゼロ・トゥウェルフス」

セキユリティチェック二つ目。声紋《せいもん》を確認しました、という、たおやかな女性の機械音声に、もう一人の守衛が大っぴらに顔を歪めていた。新人らしい。X線を通された手荷物がゲートを抜ける。腕時計とベルトを付け直すと、俺はおいおっさんと声をかけた。

「ID、まだ返してもらってないんだけど」

「ありえねえ。下働きの間違いじゃねえのか！　どうしてお前みたいなガキが……!?」

「専業だよ。返せ」

戦争と格差の時代に発明された、科学の結晶『時間遡行機《そこう》』——いわゆるタイムマシンの発明によって、大幅に社会的地位を向上させた職業は、大きく分けて三つだった。

物理学者、歴史学者、そして。

泥棒。

ありがたいことに、俺もその一人だ。


会社のビルはルーヴル寮を挟んだ南側だ。ここも昔は名のある美術館だったそうだが、壁を彩《いろど》っていたという美術品は一つとして存在しない。壁が残っているだけ運がよかったとも言える。飾りのない美術館はただの空き箱だ。

衣装部屋はいつもの如《ごと》く、過剰な暖房でむんむんしている。

どら声で呼ぶと舞台衣装としか思えない服の中から、小男が飛び出してきた。アロハシャツにチノパン、そして何故かいつも白衣を羽織《はお》っている。

勢いで分厚い丸眼鏡がズレると、慌てて両手で掛け直した。

「呼ばれて飛び出てこんにちは！　あなたと未来を切り開く素敵なコンダクター、アルフレードです！　ごきげんようですか？　ルフ？」

「また出勤中にサウザンド・ファーストのＣＭ見たぜ。あれ覚えちまった」

「ばしばし流してますからねー。今回の仕事場はおおよそ二百五十年前だそうですよ！　一九世紀の半ば。初めての時代でしたっけ？」

「革命前のロシアなら一度行ってる」

「残念、今回はフランス。ルフはこのあたりの生まれでしたっけ？」

「拾われたのは近所のはずだ。会社の資料でも見ろ」

「生粋《きっすい》のパリジャンか！　意外ですね。ロシア語も堪能なのに。フランス人は伝統的にその国の言葉が苦手だって言うでしょ？」

「いつの時代の都市伝説だよ。遡行のテストが、貴族の家でピアノの家庭教師って役回りだったからな」

　タイムコンダクター、すなわち過去の世界に潜り込む泥棒を、悪目立ちさせないための調教師。一昔前なら、歴史的言語学者、あるいは服飾美学研究家と呼ばれていた学究の徒は、仕事中は分厚い本を手放さない。書名は『時間遡行の心得～これ一冊で全時代網羅《もうら》・あなたのコスプレ完璧にします～』、著者はアルフレード・アンダーソン。本人である。このご時世に学者バカの見本のような幸せな男だが、泥棒たちが過去の時代の中で悪目立ちしてしまったという話は聞かないから、腕前は確かなのだろう。俺同様この会社の専属らしく、ちょくちょく顔を合わせる。

巨大なメガネをガクガクさせ、蓬髪《ほうはつ》を振り回し、アルフレードは熱弁した。

「今回は素晴らしいですよ！　マリー・アントワネットを断頭台の露《つゆ》とした革命の混乱は過ぎ去り、ナポレオンによる帝政も終焉《しゅうえん》を告げ、ブルジョワジーの立場の向上に心血を注いだルイ・フィリップ王の治世です。早い話が、お金持ちが絶好調の時代ですね。何だか親近感湧きません？」

「そいつらが午後の雨の放射性物質含有量を気にしてたらな」

「ラジウムも未発見の時代ですよお？　全くもってナンセンスな」

「悪かったよ、お前に皮肉を理解してもらおうとした俺の頭が悪かった。お前が『泥棒』になりゃ、お前は大好きな古い時代に行き放題、俺は毎回クソ長い講釈を受けなくて済んで一石二鳥なのに」

「まてまたあ。あなたには天職だと思いますけどね」

時間遡行機は夢の機械――などではない。

廃墟の時代に生み出された、懐古《かいこ》趣味の金持ち専用のおもちゃだ。

この画期的な発明によって、人々がまず考えたのは、取り返しのつかない過去のあやまちをやり直そう、などということではなく、過去から失われた財宝を持ってこよう、そして友達に自慢しようということだった。何故なら遡行機を発明したのは神さまではなく普通の人間で、普通の人間に出資してくれるのは聖人ではなく普通の金持ちで、普通の金持ちが望むのは、世界各地に爆弾が落ちまくる前の時代には存在した、レアなお宝だったからだ。焼失した名画、海に消えた王朝金貨、破壊された壁画、尊《とうと》い仏さまの像、かつては美術館に収蔵されていた骨董品《こっとうひん》、などなど。

歴史の奔流《ほんりゅう》に呑みこまれ、存在自体があやしまれていたお宝を、ひょいと目の前に取り出すことができたのだから、世界中の骨董品コレクターは狂喜乱舞《きょうきらんぶ》した。もちろん本物の泥棒のような無粋《ぶすい》な『盗み』はしない。タイムスリップといっても、行き先はほんの数百年前なのだ。下手をしたら持ち主の子孫と裁判沙汰《ざた》だ。無論、生きていればの話だが。

持ち主が宝を手放す局面にスマートに入り込み、歴史の流れから消えてしまうその瞬間に、金あるいは他の交換条件を積んで、正当にゲット、見事お持ち帰りするのが、二一世紀の泥棒の定石《じょうせき》だ。

だが枯れ川の露店で、期限切れのカップ麺を買っている人々は、時間遡行機という物体の名前どころか、存在すら知らないだろう。実際彼らの生活に、遡行機が何か影響を及ぼしたかといえば、答えはノンであるからだ。

『過去も未来も、現在にしか存在しない』――時間遡行機の発明とほぼ同時期に発表されたこの仮説は、発表者の名前をとって『ピンパーネルの法則』とも呼ばれている。発見されたのは遡行、つまり過去へ遡《さかのぼ》る方法だけ。それも好きな時代に遡行できるわけではない。場所の制限も著《いちじる》しい。優しい未来人が持ってきた放射能除去装置で世界中の食糧不足と病気が一気に解決されましたという話も寡聞《かぶん》にして聞かない。

過去の改変は不可能なのだ。

過去に触れることはできる。一つ二つ、記念品を持ち帰ることもできる。

だがそれだけだ。

ピンパーネルの法則は、俺たち泥棒の間では、過去の時間で何をやらかしても問題ないという意味で、『心配ないさの呪文』とも呼ばれている。会社に至っては社訓にする有様である。私掠船《しりゃくせん》をかりたてる、女王陛下の号令のようだ。

俺たちの仕事はピアノの教師に少し似ている気がする。生きていく上では全く必要のない知識をこれでもかと身につけていなければならないところとか、余暇《よか》のある連中がいなければ食いっぱぐれてしまうところとか。

一度服を全部脱ぎ、アルフレードのチョイスするシャツと下ばきに着替えていると、衣装部屋の呼び出し用ランプが点滅した。緑色で二回。

『ダブルゼロ・トゥウェルフス。第三会議室まで来るように』

俺が首をかしげた時、アルフレードの仕上げが終わった。少しくたびれた黒のフロックコートに、新品の白いボウタイをした俺は、隅々まで一九世紀半ばの世界の若紳士だ。

「できあがり！　でもまだ細かい流行が入れられないなあ。この時代は流行《はや》り廃《すた》りが激しいんですよ。年刻みまで詳細がわかったら最終調整しますね」

「いつもと雰囲気が違うな。会議室に呼び出しなんて久々だ。誰かロストしたのか？」

「昨日今日はしてないと思いますよ。それに誰かロストしたってこんな風には……あ、ごめんなさい。な、何か温かいものでも飲みます？　すぐ準備できますけど」

「気にすんなよ。ほんとのことだし」

じゃあなと手を振って、だだっ広い廊下を抜けると、すぐそこに第一から第三会議室がある。分厚い壁は機密の保持にぴったりだ。初めての時代に遡行する場合、短い研修を受けるが、そうでもなければ使われない。今回はやけに念が入っている。

踏み込むと、自動扉は音もなく閉ざされた。

会議室はほとんど暗闇《くらやみ》だった。生身の人間がいる気配もない。巨大なスクリーンにはジャバウォック社の社章ロゴが映し出されたあと、遙《はる》か遠方に住んでいる――安全なオセアニアか、南極か、俺の知ったこっちゃない――会社の幹部役員の姿が、ぼうっと浮かび上がった。オールバックに逆反射メガネ。最初の仕事の時、ここで爆笑したら飯を抜かれた。

貧乏人には金持ちを笑う権利がないらしい。

『ダブルゼロ、今回の依頼は特別だ』

「いつ、どこで、何を、誰から盗めばいいのか教えてくれ。それさえわかればいい」

『映像にまとめたので見てほしい』

株式を買ってくれる資本家あっての会社とはいえ、やっていることは物理学と歴史学の最先端事業である。研究事業に近い。企業スパイはごまんといると聞く。笑顔のコマーシャルは流すが、社内の様子は決して放送しない。『用心』がこの会社の基本方針だ。

通常ならば、社外秘スタンプの入った紙の資料に、年号、場所、盗み出す物品の名称、あれば写真、所有者が列記されているだけで、暗記したら係員に返す。これが最高の機密保持の方法だ。

と、教えられていたのだが。

今回は、どうやらそうでもないらしい。

最初に映し出されたのは、花の都パリの写真だった。街で一番高い建物の屋根からぐっと身を乗り出して、街並みを見下ろす構図になっている。

建物の統一感のなさからして、明らかに都市大改造の前だが、所々敷き詰められた石《いし》畳《だたみ》の上を馬車が走っている。女性たちのドレスは、クリノリンの発明直前か。一九世紀の序盤から中ごろ。こういう知識ばかりを叩《たた》きこまれることを『教育』と呼べるのならば、確かにジャバウォック時間遡行会社さまさまである。

『これは一八四三年のパリ、撮影日時は十年ほど前だ』

「矛盾してるよ。一八四三年のパリなんだろ。二百五十六年前だぜ」

『揚げ足を取るな。写真が撮影された日時はきちんと記録されている。もっとも記録者であるトリプルゼロ・ファーストは既にロストしているため、確認はとれないが』

ロストとは、時空のはざまで迷子になることである。

遡行機の不調やら、道中強盗に殺されたやら、理由は各種あるが、ともかく旅立った時間の中から帰ってこられなくなることの総称で、よくある。ものすごく、よくある。よくありすぎて、恐らく誰もその数をカウントしていない。

俺はいつもの無表情で、煙突の目立つ街並みの画像を眺めた。百万人都市、パリ。画面が切り替わり、次。

卵型の宝飾品が現れた。

淡い薔薇《ばら》色の大理石の土台。光り輝く四十八個のダイヤモンドの覆い。先端には五弁の金とダイヤの花が咲く。

『こちらはインペリアル・イースターエッグ、時間遡行機の発明によって存在が証明された幻のエッグ、通称冬のつぼみ。革命直前の一九〇六年の制作と想定されている』

インペリアルなんたらは、うちの会社が大手になるのに一役買ったお宝の名前である。一七世紀から二〇世紀初頭までロシアを支配したロマノフ王朝の忘れ形見。実物の卵よりも何億倍か高価な、王家専用の復活祭の贈り物だ。

ルビーとエメラルドで埋め尽くされたエッグ、ダイヤモンドの雪で飾られたエッグ、開くと聖母マリアの絵が飛び出してくるエッグなど、ラインナップは様々で、制作時期はロマノフ王朝が滅ぶまでの約三十年間。一年につき一つか二つしか造られなかった希少品だ。過去の世界のオークションでも、十億ドルは下らない。技術が事実上消え果てた現在、その価値は天井知らずだ。

時間遡行機の発明前には、六十個前後しか存在しないとされてきたエッグは、うちの会社によって七十二個、存在確認されている。まだ発見されていないものがあったとしても、遡行者によって盗み出されてくるのも時間の問題だろう。あの時代はゴタゴタが激しかったから、金目の物を買い叩くのはそんなに難しいことではないのだ。

学校を卒業して久しい泥棒ならば、全て常識以前の話だ。

「新人研修ごっこか何かか？　今回の仕事場はパリなんだろう。俺の仕事との関係は？」

『口を慎《つつし》め。ここからは極秘情報だ』

まるで裁判官のような口調だ。声には微《かす》かなコンピュータ・ノイズが入っているらしい。

三番目の画像は、再びのパリだった。

『我々は詳細な調査の結果、一八四三年に、冬のつぼみが存在することを確認した』

「…………あ？」

『一九〇六年に制作されたものが、一八四三年に存在している』

「今度こそ矛盾だらけじゃねえか。『他人の空似』か、もともと一九世紀のパリに存在したものを、二〇世紀のロシア人がパロったんじゃねえのか」

『本物だ』

「どうしてそう言い切れる」

『次の画像を参照していただきたい』

黒服が話しかけているのは俺だけではないらしい。この会議室の通信は、俺以外の人間、恐らくはこの会社の重鎮《じゅうちん》たちにも配信されているようだ。配布資料を繰《く》る気配はない。完全に画像だけの説明だ。

想像以上にヤバい案件かもしれないが杞憂《きゆう》だろう、という俺の予測——というより希望は、四番目の画像によって打ち壊された。

『こちらはマリー・デュプレシの肖像。一八二四年に生まれ、一八四七年二月三日パリで没。肖像は一八四三年ごろの作品と思われる。そして』

画像は女の肖像だった。一枚ではない。右半分が油絵の肖像画で。

左半分は。

『こちらはトリプルゼロ・フォースの写真。二〇九八年、時間遡行中にロスト、その後通信記録なし。ダブルゼロには見覚えのある顔だろう。当社の付属学校に在学中、彼女とは同級生だったはずだ』

黒い髪、黒い瞳。卵をさかさまにしたよう顔、形のいい鼻梁《びりょう》とふっくらした頰《ほお》。右の肖像画の女は一九世紀の流行通りに髪を巻いている。十八歳程度だろうか。左の女はストレートのおかっぱ、十二歳の時の写真のはずである。が。

同じ女だ。

絶句する俺の前で、ご丁寧にも写真が動き出して、二つの顔を重ね合わせた。一致したと示すように、二つの顔の類似点を無数の赤い点が示してゆく。美しい女の顔は、気色悪い斑点《はんてん》だらけになり、やがて社章に変わった。赤い玉に留まる竜。ＪＷの二文字。デフォルト画面だ。

『さて、頭脳明晰《めいせき》なダブルゼロ・トゥウェルフスには、既に呑み込めたことだろうな。トリプルゼロ・フォースは、我が社における初代ロシア担当官であり、冬のつぼみの所有権を我が社に持ってきてくれた恩人でもあるが、不幸にして彼女の不正行為が発覚した。本物の泥棒になってしまったわけだ』

「……一九〇六年から盗み出したものを持って、一八四三年に逃げた？　意味不明もいいところじゃねえか。そもそも俺たちは、盗んだものはすぐお前たちに渡してるじゃないかよ。どうやって」

『本社のセキュリティに関わる問題なので、彼女の盗みの手口を話すことはできない。理由については、彼女の胸中は彼女にしかわからんとしか言えん。だがエッグを彼女が持っていることは確認済みだ。そして冬のつぼみは、近日中にとある北方の富豪に譲り渡すことになっている』

とある北方の富豪。聞きなれた単語だ。俺たちの担当は盗みで、売りさばくのは会社の営業職だ。二つの仕事の管轄《かんかつ》は全く交わらない。だから「あの品物はどうなった？」と、タイムコンダクターに尋ねたりすると、大体『とあるどこかの富豪』に売れたという一言が返ってくる。

逆反射メガネのオールバックは、画面越しにまじまじと俺の顔を覗きこんだ。

『さて、今回君が送り込まれるのは、一八四三年のパリだ。盗み出す品物、相手、既にわかっているはずだね』

「……『マリー・デュプレシ』って言ったか、そいつ」

『トリプルゼロ・フォースの、一九世紀における偽名《ぎめい》か』

「有名人なんだろ。姓名と生没年まで、歴史学者に確認できたってことは」

『察しがいいな。確かに彼女は当時の有名人だ。時代の寵児《ちょうじ》と言ってもいいだろう』

デフォルト画面の竜は、再び画像に変わった。モンマルトルにある公園墓地だ。歴史に名を残す有名人が葬《ほうむ》られている。恐らく今のパリで最も保存状態のいい場所の一つだろう。墓場に爆弾を落とす奴はいなかった。死者は二度と死なない。羨《うらや》ましい限りだ。

マリー・デュプレシ、と銘《めい》の入った墓碑《ぼひ》が映った。一八四七年。

次の画面は年表だった。いつ、どこで、何をしたのか、事細かに記録されている。生まれてから死ぬまで、ほとんど網羅されている。観劇、どこそこの伯爵《はくしゃく》と仕事、旅行、またナントカ子爵の息子と仕事、観劇、観劇、仕事、旅行。後半は病に臥《ふ》せったらしく、家からほとんど出ていない。死因は『肺結核（推定）』と書いてある。

「……この『仕事』ってのは何なんだ」

『トリプルゼロ・フォースはクルティザンヌ、いわゆる高級娼婦として生計を立てていた。この会社に所属していた頃は世界を飛び回っていた反動か、今度は家の中で行える仕事を選んだわけだな』

高級娼婦？

もちろん意味を知らないわけじゃない。機知や教養、そしてもちろん若さや美貌《びぼう》を武器に、金持ちから搾《しぼ》れるだけ搾り取った女たちのことだ。それは知っている。知っている。

でも一致しない。

フォースが？

頭に残ったのは、男の言い回しの嫌味ったらしさだけだった。

『トリプルゼロ・フォースがロストした時代は一八四〇年前後であると想定されるため、その時に入れ替わった、あるいは本人を殺害したものと思われる』

「『と想定される』って何だ。遡行機の利用履歴《りれき》は、全部記録管理されてるんだろう」

『質問は許可されていない』

いやあー、もう会社には感謝してもしきれないですよねー、というCMの声を、俺の頭は反芻《はんすう》した。サウザンド・ファーストがどんな顔をしてあの台詞《せりふ》を言ったのか、想像すると少し笑える。俺はどうやら同僚の不手際の尻ぬぐいをさせられるらしい。

でも何故フォースが。

『さて、説明は以上だ。ダブルゼロ・トゥウェルフス、今回も喜んで向かってくれるね』

「……俺がこんな、わけのわからない仕事をしたがると思うか？」

『トリプルゼロに近しい人物を選んだ結果だ。彼女の行動、思考パターンを知る、最も近しい人物を選抜するのは妥当《だとう》な選択だろう』

「トリプルゼロどころか、最近じゃゼロナンバーもみんなロストしてるもんな」

『無論、本当にやりたくないというのなら、新人を派遣するだけだ。彼女は時間遡行のプロであるから、通常の業務時以上に、派遣員のロストの危険は高まるだろうが、やむを得まい』

「サウザンド・ファーストとか送ればいいんじゃねえの。ＣＭで人気だろ」

『二カ月前にロストしている』

「………………あいつも?」

『サウサンプトン沖で行方不明だ。以上、やるのか、やらないのか』

ロストの報告は珍しくもない。そういう仕事だからだ。俺たちはみんなそれを覚悟してこの仕事をしている。やりたくない奴は、学校にいるうちに中退していったはずだ。

それをどうして。こんな。馬鹿げたことを。

俺はオールバック男の映る画面に背を向けた。

『ダブルゼロ・トゥウェルフス！』

「コンダクターと打ち合わせする。俺以外の奴を送ったら、その黒メガネ、ニューイヤーパーティ用のアホみたいな奴にすり替えてやるから覚悟しろ」

捨て台詞は仕事の承諾と受け取られたらしい。馬鹿げている。仕事に拒否権があるなんて、俺たち自身思っていないのに。

でもその軛《くびき》から、勝手に抜け出した奴がいる。

衣装部屋から首だけ覗かせたアルフレードに、俺は簡潔に告げた。

「パリ。一八四三年」

「合点承知の助！　お財布には何フランいれます？　おおっと、サンチームも忘れちゃいけませんね。ちょうどいいのが入ったんですよ！　造幣《ぞうへい》局の年代に注意しないといけませんねえ！」

うきうきと目を光でいっぱいにするアルフレードに、俺は軽く声をかけた。振り向いた時、手練《てだ》れのタイムコンダクターは新しいフロックコートを摑《つか》んでいた。俺には自分が今着ているものとの違いがよくわからないが、きっと歴史オタクの目には微妙な流行の差がわかるのだろう。『完璧なコスプレ』タイムの始まりだ。でもその前に。

「アルフレード」

「ん、何です？　コート、伊達《だて》にワイン色にしてみます？」

「……サウザンド・ファーストがロストしたこと、知ってたか。二カ月前」

アルフレードはえっと呻《うめ》いた。声色から、大体のところはわかった。驚いている声ではない。

「あいつの行き先って、サウサンプトンとニューヨークの間だろ。そこでロストしたのか？　それともいきなり新しい担当地に行かされて、消えたのか」

「な、何でそんなこと」

「……別に。ただ」

ちょっと気になるだけだよ、という言葉に嘘《うそ》はなかった。

バスの中で見たＣＭではあんなに陽気で、元気だったのに。

「仕事場は最後まで替わりませんでしたよ。いや、でも僕は、彼のことはあなたには言わないんじゃないかと……」

口にしたあと、アルフレードはしまったという顔をしたが、気づかないふりをした。同僚がいなくなるのは日常茶飯事《さはんじ》だ。妙な気遣いをされても困る。

「さ、さーてと！　さあ支度、支度！　忙しくなりますね！」

アルフレードはいい友達だが、それ以前に同僚だ。自分の仕事の範囲を超えて話すべきではないと判断したら、口をつぐむ程度の良識はある。誰だって職を失いたくはない。

「高級娼婦にモテそうな感じで頼む」

「うわあ、ベタベタですね。じゃあ胸に椿《つばき》の花を飾ってください」

「椿?」

「知らないんですか? 『椿姫』って小説があるんですよ。オペラの方が有名になっちゃったかなあ。マリー・デュプレシっていう、実在の高級娼婦がモデルなんですけどね。一八四三年って言ったら、彼女は十九歳くらいか。何を盗み出すのか知りませんけど、最高に美しい椿姫に会えるかもしれないなんて、ルフさんも幸せ者ですね……あれ、どうしたんですか」

ジーザス。俺の幼馴染《おさななじみ》はとんでもないことをしでかしたらしい。


ジャバウォック。

社名の由来は、イギリスの児童文学から取られたらしいが、多分理由は機械の形状に関係しているのだろう。時間遡行機は、泥棒たちの間では洒落《しゃれ》た名前で呼ばれている。

一見、ただの『線』だ。

だが五歩か六歩離れて、視点を九十度切り替えてみると、姿見のような虹色の平面であることがわかる。シャボン液で作られた膜のように薄い。ほとんどきれいな長方形だが、端々は空気の中に虹色の静電気を起こしている。

過ぎ去ってしまった時間へと続く門。

俺たちは『アリスの鏡』と呼んでいる。

時間と時間を繋《つな》ぐ境界線は、今俺の外周二十メートルくらいのところを、防風ガラスごしに超高速回転する鋼鉄のタイヤが生み出している。さながら俺は洗濯層の中の汚れ物だ。これを回すだけで凄《すさ》まじい金がかかるらしく、運営資金の大半は電気代に消えてゆくという。時間遡行機は科学の魔法だ。

「自転速度、演算終了！」

「座標固定、完了！」

「数値正常！」

「該当地区の気温、湿度、計測完了。システムオールグリーン」

「いつでもいけます！」

ロードローラー三百台で整地作業をしているような爆音を越えて、遠くで作業員の服を着たオッサンたちの通信が入ってくる。遠くの大学からやってきた科学者たちだそうだが、見てくれだけは、俺がバス通勤の間に眺める道路工事の人々と大差なく見える。実際やっていることは、世界最高峰の頭脳が必要とされる複雑な計算だとしても。

中二階のベランダの柵《さく》の向こうには、銃を構えたガードマンたちの姿が見える。誰かが弾を撃ったところなど、見たこともないし聞いたこともない。何のために存在するのかもわからないが、まあ安全保障上のなんたらで、時間遡行機の設置には、そういう人材が必要なんだろう。

ぐるぐるまわる円環《えんかん》の中心、鏡の前で、その時を待つ。

「ダブルゼロ・トゥウェルフス、くれぐれもお気をつけて！」

円環のすぐ傍《そば》で、大きな本を持ったメガネの男が、俺のことを見送ってくれる。これもいつもの風景だ。

ボンボヤージュ——よい旅を、と。

ゆっくり、ゆっくりと鏡を抜ける時、最後に聞こえたのも、お馴染みの言葉だった。

笑っているように聞こえたのは、気の所為《せい》だろうか？

第二幕

The Timelooper Wandering
In The Labyrinth Of Time
Act 2

そは彼《か》の人か

顔面を掃除機で吸われたことのある奴《やつ》はいるだろうか。俺はそいつとガッチリ握手ができると思う。経験者です、何度も経験してますと。

顔を中心に、全身がまんべんなく引っ張られる。

全身を駆け巡る静電気。

目玉と鼻が引っこ抜かれそうな吸引の感覚。

今、自分が、どこに――いつに――どんな場所にいるのか、全くわからない時間。

多分数秒なのだろうが、俺たちはみんなこれを経験している。

俺がこれから会いに行く、トリプルゼロ・フォースも。

そしていつしか愛想を尽かしたのだ。

――しゅよみもとに。

何だ、これは。

――しゅよみもとに。

――しゅよみもとにちかづかん。

思い出した。これは歌だ。聖歌。歌い始めのフレーズ。

でも誰が歌っていたんだっけ？　いやそもそも、誰かが歌っていたのだっけ？

静電気の渦の中、目と鼻が見えない掃除機に引き抜かれる前に、俺の視界は開けた。


「いよっこらせっと」

覚醒《かくせい》。肉体と精神がぴったり一つに重なっているのを感じる。遡行《そこう》中に頭に浮かぶ奇妙なことなど忘れるに限る。仕事の邪魔だ。

足元の暗がりには、予《あらかじ》めコンダクターが送っておいた財布が、ボロ布でくるまれた状態でぽんと投げ出されている。当面の命綱だ。だがその前に。

俺は背後の木製の棚に手を伸ばした。

遡行者が一番最初にすべきことは、『アリスの鏡』の所在地の確認だ。目視確認することはできない。だが確かにそこにある。透明なシールが張り付いているようなものだ。大体は壁か扉、たまにカーテン等の、滅多《めった》に動かされることのない布地の場合もある。

触れると手が消えるところ。

手首を覆う白いレースと、黒いコートを残して、俺の右手は空間に呑《の》みこまれた。確認完了、帰り道確保である。生体認証が組み込まれているため、この時代の人間が触れても何も起こらないが、人がひとり消える場所である。なるべく目立たない場所に設置するのが、職人技の見せ所だそうだ。

鏡の出現位置は室内で、どうやら古いクロゼットの扉そのものらしい。埃《ほこり》っぽい室内にはホウキやハタキが散らばっている。建物はパリにはお馴染《なじ》みのアパルトマンで、どうやらここは二階の掃除部屋、時刻は夜であるようだった。宴会の声が上階から聞こえてくる。俺はボロ布を剝《は》いで、財布を懐《ふところ》に入れた。

会社の説明通りならば、ここは一八四三年の五月二二日、『マリー・デュプレシ』の家だ。時代の寵児《ちょうじ》。美しく咲き誇る夜の花。身分の低い生まれながらも、幅広い教養を持ち、知性溢《あふ》れる弁舌は麗《うるわ》しく、今にも勝る男社会であった一九世紀のパリで、老若を問わず著名人たちからの尊敬の念を集めた才媛《さいえん》。

鑑札《かんさつ》持ちと呼ばれた下級娼婦《しょうふ》たちと違い、金持ちのパトロンを持った女たちは高級娼婦と呼ばれ、貴族さながらの暮らしを営んでいた。

贅沢三昧《ぜいたくざんまい》をして、肺を患《わずら》い、若い身空で死んだという。

本当に？

本当にトリプルゼロ・フォースが、出席番号四番だからフォースと呼ばれたあいつが、あの頭のかたいおかっぱが、そんなことするだろうか？

俺は身なりを確認し、適当に頭をなでつけた。完璧なコスプレ指南のおかげで、さりげなく、宴会の輪の中に入っていけるだろう。

酔っ払って抱き合っている男女を後目《しりめ》に、俺は階段を上がっていった。三階の扉には美しい蔦草《つたくさ》の調金が施されている。

他人の空似——そうに決まってる——俺の仕事はエッグを盗んで帰る、それだけだ。それだけで終わる。全て終わる——

軽くノックしてから、分厚い木の扉を押す。鍵《かぎ》はかかっていなかった。音が溢れる。乱《らん》痴気《ちき》騒ぎだ。俺のノックは誰にも聞こえなかっただろう。黒いコートの男たち。襟《えり》ぐりの開いたドレスの女たち。大きな燭台《しょくだい》を持って行き来する執事たちは、パーティ用の雇われだろう。ヴァイオリン弾きまで呼んだようだ。

もうもうと立ち込める紫煙《しえん》と、鼻を刺すアルコール臭。

上から下まで、シャンデリアと金細工、中華風の衝立《ついたて》や繻子《しゅす》の壁掛け、絵画、ピアノ、ペルシャ絨毯《じゅうたん》、これでもかと覆い尽くされた部屋の奥。

鳥の丸焼きと、五本のシャンパンのボトルが置かれたテーブルの、向こう側から。

黒い瞳が俺を見ていた。

「ジーザスだわ、ルフ。その顔だと、久しぶりね」

俺に信仰心はない。宗教団体に聖遺物《せいいぶつ》という名目で歴史的がらくたが高く売れることは知っている。だからこそ奇跡なんぞ信じない。だがフォースの口癖は覚えている。

ジーザス。

うそだろ、と俺が呟《つぶや》くと、見慣れた顔に見慣れぬドレスの女は、一際美しく笑った。

胸元に一輪、白い椿《つばき》の花を飾っていた。


「説明してくれ」

「何を?」

「全部だよ…………お前、何してるんだよ……」

「お化粧」

「そうじゃねえよ!」

夜のどんちゃん騒ぎが終わり、紳士淑女には程遠いへべれけな顔をしたお歴々が退場なさったあと、俺はフォースと二人きりになった。

巨大な天蓋《てんがい》つきベッドの脇、ギリシャ風の彫刻が施された化粧台で、白いドレスの女は白粉《おしろい》をはたいていた。

「……何だよ、『マリー・デュプレシ』ってのはよ」

「私の名前よ。あなたの質問には要点が欠けているわ。わざわざここまで喧嘩《けんか》をしに来たわけじゃないでしょう」

「お前は、本当に、フォースなんだな。本当に。他人の空似じゃなく」

「そうよ」

俺は手袋を脱ぎ、手を打ち合わせた。この時代の男たちは、示し合わせたようにみんな黒いジャケットを着て白手袋をしている。上下水道が未整備で不衛生だし、地面はデコボコで、とかくあちこち汚いからだ。闇市《やみいち》の一パック三十枚入りゴム手袋を買い込んで、質のいい金貨と引き換えに売りさばきたくなる。アリスの鏡を通る時に、歴史的にそぐわない物品は全没収されるので、まず無理だが。

短い現実逃避で、状況を受け入れる準備はできた。

「……手短にやるぞ。会社の命令で、俺はお前を連れ戻しに来た。お前、冬のつぼみってインペリアル・イースターエッグ、盗んだんだってな」

「ええ。一九〇六年のサンクトペテルブルクで見事にね」

「違う！　違う違う！　そのあとに会社からだよ！　どうやったんだ」

「……ああ、そこから説明なの」

「ふざけるんじゃねえ。何だその頭から香水かぶったような喋《しゃべ》り方はよ」

「完璧にコスプレしているの。コスプレだってことを忘れるくらいに」

「似合わん。全然、似合ってない」

「あなたもね」

「俺はいいんだよ！」

マリー＝フォースはうっすらと笑った。俺には見覚えのありすぎる笑顔だ。

おおよそ六歳から仕事を始める十五歳まで、俺たちは男女混合の三十人学級で過ごした。出席番号以外の名前はなかった。名付けられる前に捨てられたか、名付けられない方がましな人生を送ってきた奴《やつ》ばかりだったからで、会社も俺たちに個別の名前をつけるのを嫌がった。途中で『欠番』が出た時に繰り上げやすいからだ。

俺たちはジャバウォック社付属の、時間遡行者養成学校の一期生だった。

あの頃の名前は今よりもシンプルで、フォースはフォース、トゥウェルフスはルフだった。出席番号一桁《けた》が『トリプルゼロ』、二桁が『ダブルゼロ』と呼ばれるようになったのは、社の時間遡行者数が五百人を突破したあとだ。あの頃はまさかサウザンド・ファーストなどという名前の後輩が出てくるとは思ってもみなかった。

俺の名前は〇〇一二。——ダブルゼロ・トゥウェルフス。

彼女の名前は〇〇〇四。——トリプルゼロ・フォース。

今となってはトリプルもダブルも死語に近い。みんなロストしているからだ。

「……わけのわかんねえことしやがって。宝石のついた卵持って、さっさと帰るんだ。そしたら俺の仕事は終わるし、お前もまたカフェテリアでバナナシェイク飲めるんだ。おごってやるからよ、頭脳明晰《めいせき》なフォースご乱心の記念によ。お前のアリスの鏡はどこだ」

「ああ、それもまだだったの。私の鏡はここにはないわ。何度も引っ越したから。それに私、この時代の肺結核の保菌者よ。今更鏡はくぐれないわ」

「試したのか」

「まさか。くぐれたとしても、検疫処理でアウトよ。風土病を持ってる動物が空港を通れないのと同じ」

「誰がそんな法螺《ほら》を吹き込んだ。結核なんざ簡単に治せる病気だろうが。お前くらい腕のいい遡行者はもうほとんどいないんだぞ。金の卵を産むニワトリをみすみす会社が殺すわけねーだろ」

「空想よ、ただの空想……あなた、私が消えてから、何回くらい仕事した?」

「一年前からか？　まあ、五回か、六回くらいだと思うぜ。そこそこ働いてる方だよ」

「そう……シャンパンでも飲まない？　ミントのキャンディもあるわよ」

「未成年が酒飲むなよ。顔色悪いぞ」

「一九世紀の人間に二一世紀の倫理観を説《と》かないで、野暮《やぼ》よ」

「お前、自分がこれからどうなるのか、全部わかってやってるのか」

「史実の通りなら、私は多分、あと二年か三年で死ぬのよね」

「全部承知の上だってのか……あのフォースが……信じられねえ」

「あなたは少しも変わらないのね」

「変わっただろ、気づけよ！　身長も伸びたんだぞ！　付属学校の卒業の時には一六〇センチしかなかったのに、今は一七五もあるんだぜ！」

「中身はおんなじ」

　トリプルゼロナンバーの持ち主——そして今は一九世紀の住人だという女は、おかっぱ頭の同級生だった頃とまるで変わらない顔で微笑した。甘い香りの花束を腕いっぱいに受け取ったような気分になって、思わず言葉に詰まってしまう魔法の微笑《ほほえ》みだ。あの頃からこいつに『可愛《かわい》い』という言葉は似合わなかった。いつもどこかで線を引いて、俺たちとは馴れ合おうとしない。お高いと言われても気に掛ける素振りもなかった。

『マリー・デュプレシ』は小さな口で言葉を続けた。

「あなたは手短に事を済ませたがっているみたいだから、私も手短に話すわね。私はこの時代から離れるつもりはないの。エッグを渡すつもりもない。分かったら私のことを放っておいてくれないかしら。ロストした人間を連れ戻そうとするなんて、ジャバウォック社始まって以来初の試みでしょう？　違う？」

「……ふざけんな。お前がやってることは、ロストしたくないのにロストした俺たちの仲間全員への侮辱《ぶじょく》なんだよ。死にたいんだったらビルからでも橋からでも飛び降りろ！　何なんだよ！　放っておいてほしいならそれなりのやり方ってもんがあるだろ！　卵を返せ！　返したら肺病でも飛び込みでも好きにやれってんだ！」

「ここでそんな大声を出すと……………ああ、来ちゃったわ」

奥さま大丈夫でございますかァ、という突拍子《とっぴょうし》もなく高い声は、半開きになった扉の向こうから徐々に近づいてきた。声の主はフォースとは似ても似つかない幅広の女で、まるで白粉のお化けだ。塗っていれば化粧になると言わんばかりの塗りたくりぶりがいっそ清々《すがすが》しい。駆け足で距離を詰めるや否《いな》や、女は無遠慮な視線で俺の品定めを始めた。三十《みそ》路《じ》手前、着ているドレスはそこそこ値が張りそうだ。小間使いではなくこの時代の『友人』か。当時の人間と本物の友情を築く。凄《すさ》まじいことだ。

「大丈夫よ、クレマンス。今日はもう休んでいて」

「でも、あんまりじゃございませんか。勝手にあたし抜きで殿方を家にあげるなんて」

「俺はこいつの昔の友人なんですよ。お気遣いなく」

「ええ、ええ、この方に言い寄る文無しのろくでなしどもは、みーんなそう言いますよ。みーんなねえ。だからあたしが彼女を助けてあげるんです。さあ、礼儀知らずのおぼっちゃん、しみったれた財布の中身をしっかりつかんで出てお行き！」

「クレマンス、あと五分でいいわ。どなたかいらっしゃるのね」

鏡の中のフォースは、きっと唇を結んだ。怒っているのかと思いきや、口紅を塗っただけだった。白粉で白くなっていた唇が、ほんのりと薔薇《ばら》色に染まる。こんな夜中に。

「……お前、体売ってるんだって？」

「それが何か？」

くそっと毒づくと、クレマンスと呼ばれた女は、んまああーと悲鳴をあげた。苛々《いらいら》している時には、雑音のようなきいきい声がいっそう神経に障る。

「何て口の利き方！　この子の家庭教師はろくなもんじゃなかったに違いありませんよ！　可愛いマリー、後生だからこんなけだものとのつき合いはおやめなさいな！」

「大丈夫よクレマンス。ルフもご心配なく、あんな芸術品をバラバラにするなんて考えられない蛮行《ばんこう》だわ」

「なら！」

「でもあなたたちには渡さない」

化粧台の椅子《いす》から立ち上がり、ドレスの裾《すそ》を直してから、フォースは俺と視線を合わせた。宝石の髪飾り、きれいに巻いた黒い髪、レースの溢れたドレスの裾、エメラルドグリーンの室内履き。一分の隙《すき》もなく整えられた姿が、俺に喧嘩を売っている。宣戦布告か。いい度胸だ。

「……いいぜ、テストじゃ一度もお前には勝てなかったが、ブランク三年の病人に手こずるような甘ちゃんだと思うなよ」

「ご随意《ずいい》に。でも私はそろそろ仕事の時間なの。あなたどこかに適当なアパルトマンか宿を見つけなさいな。このダンタン通りには大抵のものは揃っているから、クレマンスに紹介してもらうといいわ」

「冗談じゃありませんよ、あたしはこんなけだものの世話なんて」

「クレマンス、この人がどれだけの紳士か理解したら、あなたは天地がひっくり返るほど驚くわよ。さあ、二人とも出ていって。まだお化粧の途中なの。お客さまがいらしたらローズにお願いするわ」

俺は引きずられるように応接間に連れていかれた。くそっと毒づくと、ぽかりと頭をやられた。

「口の利き方に気をつけな！　本当に失礼な男だね！」

「……信じられねえ」

あれがフォースか。

何かの間違いだと、俺の頭はまだ主張していた。初めてアリスの鏡をくぐった時にもそう思った。全て現実だ。人は時間を超えるし、俺の幼馴染は椿姫だ。全くマリーもお人好しになって、とぷりぷりする女は、俺のことを見ては怒り、見ては怒りを繰り返した。

「油断も隙もありゃしない。多いんだよ、最近。一目マリーを見ようって忍び込んでくる小金持ちが。あんた、金はあるんですか、金は？　全くどうしようもないったら」

「……嘘《うそ》みたいな話だ」

「嘘も何も、彼女が何をしてるか知らないわけじゃないだろうに」

「過去も未来も、現在にしか存在しない」

「詩かい？　あたしはマリーほど読書家じゃないんですよ」

「俺と『マリー』の育ったところの、教えだよ。過去で何をしようが、現在は変わらないってことだ。たとえば過去に戻って自分の父親を殺すとするだろ、それで現在に戻ると、確かにそいつは殺されたって記録が残ってるんだが、自分は消えないんだ。その代わりに自分が、母親の不義でできた子どもだってことがひょっこりわかったりする。運命の神さまは超展開の天才なんだよ。直接過去の自分を殺せるような遡行は、そもそも会社がさせないし、死んだとしてもパーソナルな問題で終わっちまうしな。『心配ないさの呪文』の通りって寸法さ」

「………ちょっとばかり頭の栓がゆるんでる。夢と現実の区別がつかないんだ。最近こういう若造が増えたねえ……怖い怖い……」

「違いない。あの女だってそうだ。何をしてもいいと思ってやがる」

「貴婦人のことを『あの女』よばわりする男には相応の宿を見繕《みつくろ》ってやらなくちゃね！」

深夜のダンタン通りには、ガス灯の明かりがともっていた。転寝《うたたね》していた『マリー』の御者に、クレマンスは何事かを耳打ちし、小銭を渡した。

フロックコートではなく、長ズボンにシャツにスカーフというラフな姿の男に、俺が連れていかれたのは、通りの端にある馬小屋——のような、宿屋だった。マリーの家と比べると天と地の差である。もっとましな所はないのかと怒鳴る前に、男は闇の中に消えてしまった。

「お客さん、うちは先払いだよ」

俺は苛々と硬貨を差し出した。こういう時、財布に小銭を混ぜておいてくれるアルフレードのセンスに感謝する。金貨を出したが最後、一晩中強盗と戦い続ける羽目《はめ》になるだろう。無駄な戦いをしている暇はない。

喧嘩の相手は一人で十分だ。

干し草を詰めただけのマットレスの上に横たわり、俺は静かに目を閉じた。隣室の住人の歯ぎしりが聞こえる。歯ぎしりしたいのはこっちだが、今は眠るべき時だ。よい泥棒は、いつどこで何をすべきか心得ている。

まずは支度を整えなければ。

見返してやるのはそれからだ。


『マリー・デュプレシ』の生活サイクルは、ある意味とても規則正しかった。

午前十一時、起床。ひいきのレストランから取り寄せた朝食を食べ、身繕いに二時間。

十三時ごろからは、二人乗りの馬車に乗って、公園へ散歩に行く。たまに乗馬を楽しむ。

十六時前後に帰宅。黒いフロックコートの男たちが大量にやってくる。再びレストランからの出前が届く。大量のシャンパン、鳥の丸焼き、ピンクやクリーム色の砂糖菓子に高価なフルーツ。

午前三時ごろ、男たちが引き上げる。就寝。

一週間観察した。結果、毎日これである。

規則正しく、くそったれに単調だ。

「……こんなことがしたくて、大騒ぎを起こしたってのか……？」

だが毎晩、ダンタン通り二二番地のアパルトマンからは、愉《たの》しそうな声が聞こえてくる。

二一世紀で同じことをしたら騒音でお隣に訴えられそうなものだが、この時代にそんなにきめ細やかなケアをしてくれる公共機関は存在しない。頭上からバケツで汚水を垂れ流し、あっちこっちで通行人が馬車にはねられて死んでいる時代である。公害の概念はハイカラすぎる。それはともかく。

観察しても、理解不能なことが多すぎた。

俺は頭の中の手帳に『要注意事項』のメモを作って付箋《ふせん》を貼った。実際にメモを作るのは厳禁だ。歴史的資料として残ってしまった場合リスクが大きすぎる、というのが会社の方針である。

一つ目。フォースは自らの意志でロストしたこと。

二つ目。フォースが冬のつぼみを持ちだした理由、その手口。

最後に三つ目。フォースの意図。どうしてあんなことをしているんだ、あいつは。結核になってまで十九世紀で体を売り続けることに何の意味がある?

「……ま、考えても仕方ねえか」

答えは全てフォースの頭の中にある。俺にちょっとした自白術の心得があれば、さっさとケリをつけられそうなものだが、生憎《あいにく》そういうのはまた別の戦争請負会社の管轄《かんかつ》だし、そもそも俺が学んできたのは一九世紀西欧の文化ばかりだ。専門外も甚《はなは》だしい。格闘技といっても、せいぜい最低限の護身術と、見せびらかすためのフェンシング程度だ。

だがそれはフォースも同じはずだ。

「……まさか同僚相手に、泥棒らしい泥棒をする羽目になるとはな……っと」

ダンタン通りは二一世紀のパリにも存在する。二〇七〇年頃には無差別爆撃で無残な姿を晒《さら》しているサント・トリニテ教会広場から、イタリア通りまでセーヌ川方面へと伸びる道だ。よくあるパリのスラムの一つだが、かつては高級住宅街だったらしい。

もし爆撃前のパリで、今の俺と同じことをしたら、五秒で豚箱行きだろう。

ガス灯しか明かりがないのをいいことに、俺はちょっとしたボルダリングを敢行していた。壁伝いに歩くのは慣れたものだ。フロックコートの紳士が壁を登っていたら目立ちすぎるし動きにくいので、古着屋で一番のボロ服を買った。警官に撃たれないことを祈るばかりだ。いやこの時代の警官は、まだサーベルを提《さ》げているのか。

三階までの距離、およそ十メートル。

雨戸の鍵など簡単に外せる。これでもプロの泥棒だ。

装飾品博物館のような部屋だが、貴重品をしまっておく場所は一度見れば見当がつく。伊達《だて》に会社の付属学校で授業を受けていない。

無論これもまた、フォースも同じではあるのだけれど。

寝室の窓を開けた時、ぷつりという小さな音が聞こえた。糸が切れる音だ。花瓶《かびん》か何かが落ちるような音がして、気づいた時には階下の使用人部屋がやかましかった。慌ててソファの下に隠れた時、パタパタとスリッパの音を立てて、若い娘が入ってきた。ランプの明かりが憎々しい。

「奥さま、どうなさいましたか。発作ですか」

「何でもないのよ、ローズ。来てくれてありがとう」

「……お背中をさすりましょうか?」

「うっかり落としてしまっただけなのよ。心配をかけてごめんなさいね。もう眠っていいわ。ランプ、そこに置いていってもらえるかしら」

フォースより一回り小柄な女の子は一礼し、美しいテーブルの上にランプを置いて出ていった。細い声色は、心底フォースの身を案じているようだった。

やれやれだ。ごっこ遊びにもほどがある。

「ソファの下にいる泥棒さん、申し訳ないけれど営業時間外なの。入ってきたところから出ていってもらえるかしら。命綱くらいは貸してあげてもいいわよ」

「……余裕綽々《しゃくしゃく》だな。組手は俺の方がずっと上のはずだぜ。発作持ちのフォースさん」

「わかってないわね。私は時間遡行者じゃなく、この部屋の正式な住人なのよ。ご近所づき合いも欠かさないわ。助けを呼べばあなたは刑務所行き、さもなければご近所の皆さまに殴り殺されるわよ。この時代ならよくあることだし」

「……今日はちょっと、挨拶《あいさつ》程度に顔合わせに来ただけさ」

「時間を選んでほしいわ。安眠妨害よ」

「トラップしかけて待ってたくせによく言うぜ」

「昔の仕事の悪い癖よ」

「理由が聞きたい」

「何の？」

「お前が俺の邪魔をする理由だ」

「あなたの邪魔はしていないと思うわ」

「してるじゃねえかよ！　この上なく！　盗品を返せ！　さもないと俺の仕事が終わらねえんだよ！　返さないならせめて理由を聞かせろよ、理由を！」

「あら、あなた自分が盗み出した品物に愛着がわくことってない？」

　こいつは俺に殴られたいのかと本気で思った。握り拳《こぶし》を抑えつつ、半歩後ずさると、フォースは余裕たっぷりに腕組みをした。

「あんまり動き回ると、金切《かなき》り声で叫ぶわよ。お静かに、泥棒さん。何度もローズを起こすのも可哀《かわい》そうだし」

「……ジーザスだ」

「懐かしいわね。のんびりしていったらいかが？　どうせあなたのアリスの鏡は、出勤してきた日に繋《つな》がっているんでしょ。あなたがここで何日過ごしても、何年過ごしても、会社としては同じことよ」

「ふざけるな！　俺はこんな時代に長居したくなんかねえ！」

「私とは違うわね」

　マリーと名乗るフォースの瞳は真剣だった。セットしていない黒い髪は、どんなカツラにも対応できるおかっぱ頭だったはずが、軽いウェーブで胸の下まで伸びていて、白いシルクのパジャマに映えていた。

「……お前は出世頭だったのにな」

「え？」

「うちの会社が、よその時間遡行会社と対等に渡り合えるようになったのは、敏腕のロシア担当官が、いくつもエッグを盗み出してきたからだろ」

「それは単純に、この時代に遡行する鏡を、ジャバウォック社の開発チームが実用化した結果よ。誰にでもできることだったわ」

「そういう御託《ごたく》じゃねえよ。高給取りだったろ。それでも待遇に不満があったのか？　仕事、やめたかったのか？」

「あなたは？」

「やめたかねーよ。俺の友達には、ゴミくずの隣でボロを着て寝る生活とは縁を切りたいって奴しかいねえと思ってたのに」

「トリプルゼロナンバーの中で、最後にロストしたのが私だったはずよ。長かった方だとは思わなかったの？」

俺が怪訝《けげん》な顔をすると、フォースは不意に、真面目な顔になった。ランプの灯《ひ》は頼りなく、逆卵型の白い顔を半分だけ照らしていた。きっとフォースからは、俺の顔もそんな風に見えるのだろう。

ほんの一時味わった、足元の覚束《おぼつか》なさは、時間遡行の感覚に似ていた。頭から暗闇に吸いこまれそうだ。

「ルフ?」

「いや、関係ねえだろ。人間誰しもロストする時にはするんだよ。運も実力のうちだろ。『長かった』って、意味不明だぞ」

「……今のあなたと何を話しても無駄だわ。一度会社に戻ってみたら? あなたの鏡、どうせこの近くにあるんでしょう。通信くらいできるはずよ。一人では私に太刀打《たちう》ちできないと思うのなら、仲間をゾロゾロ連れて戻ってくればいいわ」

「そんなことしたらますますお前の思う壺《つぼ》じゃねえか。職務完遂能力なしって言いふらすような真似《まね》させられてたまるかよ」

「一度、本当に、通信してみた方がいいわ。あなたの鏡が、本当にあなたの思っている通りのものなら」

フォースの一言は、妙に迫力のある余韻《よいん》を残した。

容姿に恵まれたこともあるとは思うが、昔からフォースは芝居が恐ろしく得意だった。二人一組でお互いを言いくるめるロールプレイの授業で、フォースと組まされた奴は悪夢である。絶対に勝てないからだ。

黒い瞳は、おかっぱ頭の頃と同じように、底なしの真剣さで俺を覗《のぞ》き込んでいた。悔しいが、揺さぶられる。目を逸《そ》らすと、フォースは小さく嘆息した。

「次にここへ来る時には、相応の手続きを踏んでいらして。真っ向から訪れてくれるのなら、私は誰にも扉を閉ざしたりしないわ。誰であろうと同じ」

「ご立派、娼婦の鑑《かがみ》だぜ」

「その台詞《せりふ》は聞き飽きたわ。この時間に私の寝室を突っ切って帰ると、部屋中の花瓶が落ちて割れるから、やめてね。窓から帰るのは得意でしょ？　それじゃ、またね」

言い残して、フォースは寝台の天蓋の向こうに消えた。背中を追いかけて襲い掛かって締め上げるという手もなくはなかったが、荒業は最後の手段だ。まだこの時代に来て一週間しか経っていない。焦《あせ》る必要はないと、俺は自分に言い聞かせた。どんなに腹立たしいことをされたとしても、できることなら女に——とりわけあいつに、手荒な真似はしたくない。

憂愁のクモ男と化した俺は、再び窓から地上まで下り、とぼとぼと宿まで戻り、俺をブルジョワの子弟だと思っていた女将を仰天させた。仮面舞踏会の趣向だったんですと説明すると納得してくれたが、それにしても度が過ぎやしないかと呆《あき》れられた。

その日は昼過ぎまで、宿屋で眠り続けた。翌日、マリー＝フォースが公園に出かけた隙に、俺はアパルトマンの二階、掃除部屋に忍び込んだ。

アリスの鏡は、確かに、あった。

手を差し入れると消える。

ほっと溜息をついてから、俺は見えない陽炎《かげろう》をひと撫《な》でした。しゃぼん玉のような虹色に発光する『鏡』が淡く浮かび上がる。中指でポンと押すと、空中に半透明のキーボードが表示された。手早く指を動かし、メッセージを入力してゆく。

『〇〇一二から本部へ。作戦遂行中。〇〇〇四を発見。冬のつぼみは未発見。難物』

コンマ数秒の時差もなく、返信が返ってきた。よかった。鏡は正常に機能している。

『本部Aから〇〇一二へ。必要な物資はあるか』

Aというコードに、俺は少し安心した。アルフレードだ。遡行中に連絡がとれるのは基本的に担当のコンダクターだけである。応援の要請などしたことはない。盗みは一人でやるものだ。チームプレイで手柄をあげる会社もあるというが、うちの会社はそういう方針なのだ。多分ローコストだからだろう。

『〇〇一二からAへ。現時点ではなし。通信状態の確認のみ』

送信済みの画面が消えてから、間髪《かんはつ》を容《い》れず、返信が送られてくる。どんな仕組みか説明されたことはなかったし、教えられて理解できるとも思えなかったが、二一世紀でお待ちかねの面々のもとへ電文が届くのは、俺が鏡に入って『すぐ』の時刻であるという。この鏡から出てゆく時にも、元の世界で大した時間は経過していない。

『Aから〇〇一二へ。通信状態良好。その他の要求はあるか』

ない、という通信を送るか否か、俺は迷った。可能ならば、アルフレードに今の状況を洗いざらい相談したいところだったが——意図的にロストしたとほざくフォースは完全に居直っているのでぶっ飛ばしてやりたいとか——できない相談だ。俺たちが時間越しにできるのは、テキストの送受信だけで、音のやり取りはできない。

「…………」

俺はもう一度、鏡の中に、そっと手を差し入れてみた。フォースの戦術に乗せられるようで嫌だったが、『あなたの鏡が、本当にあなたの思っている通りのものなら』という言葉は、ロストした人間の口から聞くとぞっとしない。

目には見えない、陽炎の感触の中に、手首は消えた。俺は遠慮せずに安堵《あんど》の息を漏らし、俺は再び鏡を消した。その時。

「ちょいと！　あんたまたここにいたのかい！　出てお行き！　それとも掃除でもしてくれるのかね！」

「あー、クレメンスさん。すみませんねえ……」

「あたしゃクレ『マ』ンスだよ、文無しさん」

「ルフっていうんです」

「へんてこな名前だね。落ちぶれ貴族かい、ブルジョワかい」

「商人の息子です。またどうにかマリーに会えませんか」

「そうさねえ、あたしへの献金次第ってとこじゃないのかい」

ジーザス、神々もご照覧あれ。このやり手の女が、マリー専門の女衒《ぜげん》のようなことをしているのは一週間の観察でよくわかっていた。あいつの言うまっとうなやり方を踏襲《とうしゅう》するのならば、俺もこいつに金を払うべきなのだろう。この時代で金を稼ぐのは難しいことじゃない。資金調達は紳士的泥棒術の基本だ。

それでも。

どうして、幼馴染に会うために、金を積まなきゃならないのか。

あいつの体を買いに来る男たちみたいに。

「友達なんです。そういうのはちょっと」

「本当におぼっちゃんだねえ」

「掃除、手伝います。馬丁《ばてい》もできます」

「いれあげてるねぇ。いいとこの子なんだろう？　無茶するんじゃないよ」

「ピアノの教師もできます」

「……そういえばマリーは音楽の教師を探してたっけね」

おっと。渡りに船とはこのことだ。だが罠《わな》である可能性も高い。フォースも俺の特技くらいは覚えているだろう。音楽の授業では、あいつは確か歌唱を専攻していたっけ。

俺が黙っていると、クレマンスはにたありと笑った。

「仲介料、百フランいただくよ」

「百!?」

「何だいその顔は。あたしゃ慈善事業をしてるんじゃないんだよ」

アルフレード曰《いわ》く、一九世紀パリの一家族を養える月収を、顔中の青筋を引き攣《つ》らせながら支払うと、クレマンスはまず驚き、次にちくしょうという顔をした。もっとふっかけておけばよかったという意図を隠す気もないらしい。が、時すでに遅しだ。

今度は俺が微笑みかける番だった。

「案内、よろしくお願いしますね」

二日後、マリー＝フォースの都合がよいという木曜日に、俺は再びアパルトマンを訪れた。トラップの気配はない。扉を開けてすぐの応接間で、ドレスの女が待っていた。

「ようこそ、ルフ先生」

「………本当に会ってくれたな」

「ピアノが習いたいのは嘘じゃないもの」

俺は機敏に周囲を探った。レースのドレスに白いカシミアのショールを巻いたフォースは、鈴なりの葡萄《ぶどう》のようなエメラルドの髪飾りを差して、ピアノの横のソファに座っている。まるで生きたアンティークドールだ。

「その服、動きにくくないのか」

「慣れればこれでも投げ技くらい決められるわよ。そう構えないで。久しぶりにあなたのピアノが聴きたいわ」

「ただの方便だ。気づけよ」

「ピアノの音がしなかったら怪しまれるわ。弾いてよ」

マリー＝フォースは微笑んで、俺にピアノ椅子を促した。

一九世紀の『ピアノ』は、俺のいる時代のピアノに比べるとかなり小さい。アップライトをさらに圧縮したようなサイズだ。そうでもないと、常設の家具として扱うには大きすぎるのだろう。人口過密都市の一等地用ならば尚更《なおさら》だ。

指ならしのあと、俺は一曲弾き始めた。象牙の鍵盤《けんばん》が長調のマーチを奏でる。十歳くらいの頃、学校に行く前、寮の食堂でよく流れていた曲。マリー＝フォースは呆れていた。

「この時代にアニメソングはないわよ」

「誰もわかんねえだろそんなの。ダダダ、ダダダー、ぶーっとばーせ。つよーいぞ、われらのー、クイーンビー・ゼーット！」

「ピアノは巧《うま》いのに、音痴《おんち》も相変わらず……」

「クラシックには飽き飽きしてるんじゃないかと思ってな」

俺たちは同級生だった。この会社の付属学校における同級生とは、東洋風に言うなら『同じ釜の飯を食った仲間』ということになる。朝は同じ時間に起き、男女共同の狭い食堂で朝食を食べ、ひたすら歴史の知識を叩《たた》きこまれる。外出制限はないが小遣いもなかったので、楽しみらしい楽しみといえば、ルーヴルの社員寮をドゥノン翼《よく》からリシュリュー翼まで走り回ることと、毎朝テレビで流れるアニメを追うことだった。本当にそれだけだった。

同じ生活をしていた仲間なのに。

恨みを込めてじっと見つめてやると、フォースは苦笑いした。

「そんなに怖い顔しないで。私だって覚えているわよ。変な番組だと思っていたけれど」

「そうかい。なら、やっぱりクラシックで攻めるかな」

「あなたの十八番《おはこ》のショパンは駄目よ。あの人は今売り出し中の音楽家なの。この時代にはまだ存在していない代表曲も多いはずよ。あなたの演奏を聞いた誰かに、彼の作品が盗作だって言われたら、繊細な音楽家を無駄に泣かせることになるわ」

「どうせそれも『時代』が解決してくれるだろ」

確かに俺はショパンが得意だったが、それは音楽の教科書に載っていたからで、フォース以外の相手の前で得意げに披露したことはない。いつだったか授業が終わったあと、音楽室が空いていた時、何か弾いてとせがまれて、練習中だったマズルカか何かを弾いたのだ。

そういえばあの作曲家も肺の病で死んだのだっけ。

この時代の結核は、ほとんど死の病だ。

――馬鹿馬鹿しい。帰ればそれで終わるのに。

「そんじゃま、無難なとこいくかね」

「お任せするわ」

俺は手慰《てなぐさ》みに指を走らせた。フォースはピアノの音を楽しんでいる。ひょっとしたらこの楽器にエッグが隠されていやしないかと、鍵盤を端から端まで確かめてみたが、詮もないことだった。

右手の中指が、ラの音に触れた時。

俺の指は一つの曲を選び、弾き始めた。

もったりと、しかし澄んだ河のように流れる一連の旋律《せんりつ》を、俺は確かに知っていた。だが何の曲なのか思い出せない。奇妙なことに手は動き続けている。先に続く旋律を知っているのだ。鼻歌さえ歌っている。


『誇りに思うよ』


まただ。

誰の声だ。アルフレードじゃない。俺の声でもない。でも耳に染みついて離れない。バスの中で何百回も見た、あの底抜けに能天気な声みたいに。

深く沈んだ、男の声だった。

暗いトンネルから出たような感覚の中、俺は一曲弾き切ってしまったことに気づいた。

ぽかんとしているうちに、拍手が聞こえた。マリー＝フォースだ。

「素敵な曲。講習では教わらなかったわね。それも誰かに習ったの」

「あ？　あー……多分な。どうしてだか……覚えてる……」

「讃美歌《さんびか》よ」

「クリスマスソングかよ。それにしちゃ陰気だな」

「死ぬ時の歌。だからタイトルが、『主よ御許《みもと》に近づかん』」

「今のお前が言うと洒落《しやれ》にならねえな。モーツァルトあたりにしておけばよかったぜ。あいつはもう死んでるよな？」

「彼が活躍したのは一八世紀よ。歴史の授業を思い出し……………失礼するわね」

フォースは懐から白いハンカチを取り出した。ごほっ、ごほっと咳き込みながら、前のめりの姿勢で、水差しのあるテーブルに近づいてゆく。先回りしてグラスに水薬を注ぎ、差し出すと、フォースは顔を引き攣らせて笑った。

「ありがとう」

白いハンカチの縁取りは、美しい手編みのレース細工だった。M・Dという刺繡《ししゆう》は、このご時世に流行したイニシャルだ。金糸で縫《ぬ》い取られた細工は、持ち帰ればそれなりのオプション料金で買い取ってもらえた品だろう。でも今は無理だ。

Mの字が、鮮やかな赤に染まっている。

「……お喋りのしすぎね。たまに咳き込むの。でも血を吐くのは珍しいのよ。今のところは」

「やっぱりお前はフォースだ。俺の知ってるフォースだ。個人主義で、がみがみ屋で真面目で嫌味で、友達作りの下手くそな」

「今の私はマリーよ」

「パリでお前の墓碑《ぼひ》の画像を見た。夜通し大騒ぎなんて今すぐやめろ。ここにいたら四年以内に死ぬんだぞ」

「遅かれ早かれ人は死ぬわ」

「時期ってもんがあるだろ！　お前はまだ十七歳なんだぞ！」

「十九よ。遡行した時代が、あなたより、古い、もの……」

「咳き込みながら喋るな！　死んでたまるかって思えよ！　何で会社の横領した挙句、逃げる先が医療僻地《へきち》の時代なんだよ！　どうせ逃げるんだったらもっといい所が幾らでもあっただろ！」

「大声を出すとまたクレマンスが来るわよ」

やかまし屋のポン引きのご機嫌はともかく、まだマリーが咳き込むので、俺は仕方なくソファに腰掛けて、ストールの上から背中をさすってやった。細い。ほんの少し力の入れどころを間違えただけで、ぽっきりと折れてしまいそうだ。少しずつ息が落ち着いてくると、フォースの頰《ほお》は血の気を取り戻した。

「……おい。息できるか。もう一杯飲むか」

「ピアノ」

「あ？」

「ピアノを教えてくれるんでしょう。そこの箪笥《たんす》、開けてみて。上から三番目の書類入れ。一番上にある、楽譜の、曲……」

「だから無理に喋るなって」

マリー＝フォースは、あそこ、と箪笥を指し示すのをやめなかった。

ひょっとしたらエッグが入っているのだろうか、観念して返してくれるのか、という淡い期待は裏切られた。箪笥の中に納まっていたのは本当に楽譜で、他は隅っこに埃が溜まっているだけだった。

「……弾いてくれないの？」

丸まった紙には、装飾音過多の音楽が綴《つづ》られていた。

ひっくり返してみるが、どこにも仕掛けはない。刷られたてほやほやの楽譜だ。気取った飾り字で『舞踏への勧誘』と書かれている。作曲の日付までご丁寧に入っている。俺の頭は楽譜を音に変換し始めた。

「これ、知ってるよ。もうこの時代にあったんだな」

「最新流行よ」

譜面台に楽譜を置き、俺は鍵盤に指を叩きつけた。作者はきっと朝霧のように繊細微妙なタッチで弾いてほしがるであろう調べだったが、今の俺の知ったことじゃない。『クイーンビーZのテーマ』の方が幾らかしっくりくるだろう。音符の多い曲は、捨《す》て鉢《ばち》に弾くのに向いている。

俺たちは遡行先で不測の事態に遭遇した場合にも、とりあえず『一芸』で急場をしのげるように、歌やら楽器やら、場合によっては踊りも勉強する。案外これが役に立つので、俺もピアノの勉強には力を入れた。もちろん歴史や語学よりも純粋に楽しかった所為《せい》もある。

『誇りに思うよ』

二度目、いや三度目だ。誰の声だろう。思い出しそうなのに思い出せない。音楽は不思議だ。記憶の箪笥を勝手に引き出してしまう。ノリにノッてくると、自分で自分を催眠《さいみん》術《じゅつ》にかけているような気さえしてくる。

『ここで共に演奏できた事を誇りに思う』

覚えているような、そうでないような。

まあいい。見知らぬ男の一言だ。つまらないことに煩《わずら》わされるほど、今の俺は暇ではない。

最後まで仰々《ぎょうぎょう》しく弾ききって、俺はぱっと手指をあげた。マリー＝フォースは拍手してくれた。発作は完全に治まったらしい。応接間の扉が開いたことには気づいていたが、見せびらかしてやりたい気分だった。

「どう？　クレマンス、驚いたでしょう」

「……人は見かけによらないもんですねえ……」

畏《おそ》れ入ったかと勝ち誇りたくなるのを抑えつつ、俺は最大限の愛想笑いをお返しした。

「そんな所に突っ立ってどうしたの。入ってくればいいじゃない」

「あたしはお邪魔はしない主義なんです。それより今夜の予定ですけど、かぶっちゃいましたよ。今しがたお手紙が届きましてね。侯爵《こうしやく》殿とベレゴーさん、どちらもヴォードヴィル座の桟敷《さじき》にご招待したいそうで」

「困るわね。私も分身の術が使えたらいいんだけど。侯爵にはお手紙を書くわ。レッスンをありがとう、ルフ。お給金は月払いでね。また来週の木曜日によろしく」

「おい、まだ話は終わってねえぞ」

「私にも仕事があるのよ」

「お前の本職は泥棒だろうが！」

「何て奴なんだい！　貴婦人を捕まえて事もあろうに罪人呼ばわりとはね！」

マリー＝フォースはくすくす笑っていた。さっきまで血を吐いていたのに、全く危機感など感じられない。こいつは自分の命があと少しだということをわかっているんだろうか。

ひょっとしたら真実、どうかしていて、全部冗談だとでも思っているのか？

だとしたら俺にとっては最悪の冗談だ。エッグの在《あ》り処《か》を覚えているのかすら危うい。

クレマンスに押され、出口まで追いやられる俺が、途方に暮れた顔をすると、ねえ、とマリー＝フォースは声をかけてきた。

クレマンスは俺の顔に息を吐きかけて溜息をついた。

「こんなのに同情するとためになりませんよ、奥さま」

「ルフ、一つヒントをあげる。私は冬のつぼみの在り処を知っているわ。壊してもいないし、隠してもいない」

「だったらさっさと言え！」

「今のあなたに考えてほしいのは、宝の場所じゃないわ。どうしてあなたがここにいるのかよ」

「俺にも仕事があるんだよ！」

「浅すぎるわ。もっと深く考えて」

「お前の尻ぬぐいに来てやってるんだぞ」

「……わかってはいたつもりだけど、何を言っても無駄ね。クレマンス、あとはよろしく」

はいなという言葉と共に、ほとんど一階まで蹴り出された俺は、このクソ女死んじまえとロシア語で罵《ののし》った。フォースには通じたはずだ。ややあってから、拙《つたな》いピアノの音が聞こえてきた。『舞踏への勧誘』は、決まって転調の所で途切れた。へたくそめ。あいつはとびっきりの歌声を持っているのに――

呟き込んだフォースの姿が脳裏によみがえった。

ショール越しにさすった、細い背中の心もとなさが、手の平に残って消えない。

拙いピアノの音に、来週の木曜日にまた会いましょうと挨拶されて、結局俺はいいように追い返されてしまった。

事件は三日後に起きた。

マリー＝フォースが逃げたのだ。

いや正確に言うのなら、旅行に出かけた。『実家』があるという北部へ、馬車で、いい仲の旦那《だんな》と一緒に。長旅になるそうで、クレマンス曰く半年は帰ってこないのではないかという話だった。腰が抜けるかと思った。今のノルマンディーは林檎《りんご》の花が見ごろだとか何とか、皮肉っぽい戯言《ざれごと》を大量に聞かされたあと、俺は書き置きを渡された。紛《まぎ》れもなくフォースの筆跡《ひっせき》だ。

『留守番をよろしく』——だと？

してくれと頼まれて家探しをするなんて初めてのことだ。

俺は書き置きを錦《にしき》の御旗《みはた》に、徹底的にアパルトマンを調べることにした。無論、『泥棒』を疑うクレマンスが頑張っている間、おおっぴらにごそごそすることはできないが、そこはそれ、プロの腕の見せ所である。

プロの意地にかけて、宵《よい》っ張《ぱ》りのパリが眠る深夜から明け方の隙をつき、床板一枚一枚まで、丁寧に、丁寧に、これでもかとばかりに調べた結果。

冬のつぼみどころか、隠し金庫すらないという結論に達した。

「ふざけんじゃねえぞあの女……！」

となると答えは一つだ。

インペリアル・イースターエッグは、名前こそ大層なものだが、要は超絶豪華な実物大のタマゴだ。本物の鶏卵とは違って大理石や宝石で作られているので、そう簡単に割れはしない。

あの女はあろうことか、会社から盗み出した品を、肌身離さず持ち歩いているのだ。アホかと言いたい。あんなもの持ち歩いて何の得があるというのか。この時代に留まりたいというのなら、百歩譲ってそれもいいだろう。だがあのタマゴはどうするつもりか。四年後に一緒に土葬《どそう》でもしてもらうつもりなのか。

すっかり留守番友達になってしまったクレマンスは、俺にミントティーを振る舞ってくれた。海の向こうのイギリスでは、お昼下がりに紅茶を飲むのが流行なんですよと、まるで世界の不思議のように俺に教えてくださる。

「それにしても、あんたも熱心な留守番さんだねえ」

「………あいつとは友達だから……」

「いい仲になりたいんだろう？　あたしに任せなよ、万事取り計らってやるからさ」

「旅行に置いていかれた奴に言われても説得力ないぜ」

「あたしはマリーの小間使いじゃないんだよ！　ローズと一緒にしないでおくれ！　あたしにはあたしの商売ってものがあるんだよ」

「単なる商売女の斡旋《あっせん》じゃねえか」

「そのひどい言葉遣いをどうにかしないと化けの皮が剝がれちまうよ、ピアノの先生。その点マリーはうまくやってるね。あの子も貴族じゃないのに、本物の貴族以上に貴族らしい」

「……あんたはいつから『マリー』と知り合いなんだ？」

「あたしたちはノルマンディーの同郷なのさ。パリで再会した時には、たまげたもんだよ。まるで見違えるような貴婦人になっちまってね」

なるほど、話が呑み込めた。フォースが時間遡行してくる前にも、本物のマリー・デュプレシは存在したはずである。ノルマンディーでこの女と同郷だった田舎《いなか》娘ちゃんだ。黒目黒髪のその女の子は、今もこのパリのどこかで生きているのかもしれないし、ひょっとしたら死んでしまったのかもしれない。マリーは都会デビューの機会と共に、本物のマリーが将来座るはずだった椅子に、臆面《おくめん》もなく腰掛けたのだろう。旧交を温めたというのだから、本当に『見違えた』としても不思議ではない。

「……まあ、あいつ、演技がうまかったからな、昔から」

「あたしに言わせてもらうなら、あんたの言葉にはパリっ子らしい気品が足りないね」

「俺のいたパリには気品なんて微塵《みじん》も残ってないんですよ、クレマンスさん」

「まあ、タダで踏めるところまで踏んでみようって意気は嫌いじゃないよ。せいぜいベッドに入れてもらう前に、マリーがくたばっちまわないよう祈るこった」

「……ひどい言い草だな」

「肺病になった人間は死ぬよ。血を吐き始めたら長くない。災難だよ。線の細い美人ほど、肺を病みやすいって言うからねえ」

「その点あんたは心配なさそうだな」

「失礼な男だね。そうだよ、あたしは肝っ玉が太いのさ。あんたみたいにマリーの前でめそめそ泣いたりしないよ」

「…………誰が泣いたって？」

「ほかでもないあんただよ。マリーの前で。大泣きしてたじゃないか。何だいやっぱり酔っ払ってたのかい。嫌だねえ最近の若いのはみんなこうで」

俺はピアノ椅子を蹴立てて立ち上がった。ちょいとお前さん、というクレマンスの声を無視し、段数まで覚えてしまった階段を二階まで下りた。使用人用の掃除部屋の扉を閉め、見えない陽炎を撫でる。

姿を現した鏡に、俺はメッセージを送信した。

『〇〇一二から本部へ。ドッペルゲンガーの出現を確認』

ドッペルゲンガー、もう一人の自分のことだ。

もちろん現実にそんなものが存在するはずがない。ここが二一世紀であったら、見間違いか双子か幻覚症状の三者択一だ。だがここは俺の『現実』ではない。時間遡行者にとって、ドッペルゲンガーとは、真実、危険の先触れだ。基礎教養の詰め込みによる人材の厳選が終わったあと、ようやく辿りつける紙ぺらの教本『はじめての時間遡行』にも書いてあった。

認知されていない時間のねじれが生じている可能性が高い、と。

それがどういうことなのか、授業で詳しくは習わない。だが時間遡行中、身に覚えのないことを、第三者から指摘された場合、速やかに入電すべしということは、学校教育で嫌というほど確認させられていた。今までそんなことには一度もならなかったので、まさかとは思っていたが。

例によって、返信はすぐに来た。

『本部より〇〇一二へ。入電を確認』

「バッカやろ、入電を確認じゃねーっつのー……」

愛想のいい返信を期待していたわけじゃない。『確認済み』という一言が返ってくればそれでよかった。

仕事中に自分自身に出会うことは、ないわけではないのだ。

サウザンド・ファーストはよく俺に語ったものだ。

いやあー、仕事してると、オレがいるんですよねー。だから次に何を盗めばいいのかすぐわかるんですよー。逆に昔のオレがいたりすると、応援したくなっちゃってね、おー、頑張れーって。

あいつの現場は少し特殊で、制限時間一時間の間に、どれだけ大量の品を盗み出せるかを競う、火事場泥棒選手権のようなものだったから納得がゆく。アリスの鏡の作成は、理論、技術ともに完成されたとはお世辞《せじ》にも言い難い分野で、出現には複雑な条件が必要になり、どの時代にも好きなように鏡を開けるわけではない。類似企業が未開拓の時間、場所に、一カ所でも穴を開くことができれば、大儲《おおもう》けは確実なので、会社お抱えの物理学者たちは知恵を絞り、泥棒たちは生死の狭間《はざま》のような状況へも果敢《かかん》に身を投じてゆく。

サウザンド・ファーストの現場――タイタニック号に開いた扉は、沈没一時間前のパニックの最中、一枚だけだった。

一時間で脱出しなければ洋上で死んでしまう。どんな高給を約束されたとしても、冷静に考えればそんな現場に赴《おもむ》きたくはない。しかしあの豪奢《ごうしゃ》の権化《ごんげ》のような場所には、歴史の闇に葬《ほうむ》られるには惜しすぎる逸物《いつぶつ》が大量に存在し、他にあの場所への時間遡行可能な会社も今のところ存在しない、俺たちの会社としてはおいしい収入源だ。違うナンバーズを送り込んでも、船内図の把握に時間が必要になり、かえって非効率である。

またありがたいことに、あの現場はまるごと非常事態なので、同じ顔の人間が二人いようが三人いようが、自分の気が転倒していると思い込んでくださる方が多い。仮に奇怪に思われたにしても、あの場所にいた人間のほとんどは、一時間後には凍って海に浮かんでいる。

加えて、二つの時空間を繋ぐ『アリスの鏡』そのものには、時間の概念が存在しない。タイタニックで一時間過ごして帰ってきても、三分で性質《たち》の悪い乗客に絡まれて撤退するはめになっても、きっかり自分が鏡に飛び込んだ三秒後の時間に転送される。他の時代へと繋がる鏡でも同じはずだ。鏡の周りで待機しているアルフレードたちコンダクターには、陽炎の中に消えた人間が数秒で戻ってくるように見えているはずだ。

以上、三つの事象を鑑《かんが》み、ジャバウォック社は画期的なトレジャーハンティングの作戦を思いついた。

同じ遡行者に、何度も同じ鏡をくぐらせればいい。

盗《と》り尽くすまで繰り返すのだ。

ドッペルゲンガーとはつまり、同じ座標に固定された鏡に、何度も何度も何度も入り直す、時間遡行中の自分のことにほかならない。何らかの事情でもう一度、鏡をくぐり直してリトライしているということになる。

だがそれは『特殊な状況下における、ごく稀《まれ》な時間遡行』に限られるはずだ。俺の場合は話が違う。増援が来てもおかしくないケースだ。しかもマリーが死ぬまでまだ四年ある。

こんなに長い時間を、一人で繰り返す？

ありえない。

何かがおかしい。

――そういえばサウザンド・ファーストも、既にロストしたのだっけ。

『〇〇一二より本部へ。詳細を相談したい。一度戻る。受け入れられたし』

俺は陽炎の中に体を沈めた。

鼻と目が引っ張られる。それから首も。肩。腰。尻。

巨大な掃除機のゴム管の中を、ガタガタ揺られながら潜り抜けるような感覚。

よかった、アリスの鏡は正常に機能している。

時間の渦から、ぽいと外へ吐き出された時、俺は目を疑った。

実験室のようなタイル張りの床に、鉄の輪がぐるぐる回っているオフィス――ではない。

薄暗くて、狭くて、埃っぽい掃除部屋だ。

ダンタン通り二三番地の二階。

ついさっきまでと、まるで同じ場所だ。

「……何だ？　入り損ねたのか？」

尻餅《しりもち》をついていた俺は、即座に立ち上がり、再び鏡に電文を打ち込んだ。音声通信機能があればと、こんなに願ったことはなかった。

『〇〇一二より本部へ。帰還失敗。機械に損傷がないか確認されたし。至急』

『本部より〇〇一二へ。入電を確認』

「くそ！」

俺が足を踏み鳴らすと、部屋の外に人の気配がした。苛々して扉を開けるとクレマンスがいる。壮絶に驚いた顔をしていた。

「クレマンスさん！　マリーはまだ戻ってこないんですか！」

「……あんた誰だい！　泥棒かい！　ちょっと、ちょっと誰か！　変な人がいるよ！」

俺は言葉を失った。世界は夜だ。さっきまで俺はクレマンスと一緒に午後の紅茶を楽しんでいたんじゃないのか。どうしてあいつは初めて会った時と同じドレスを着ているんだ。どうして。どうして。どうしてこんなに嫌な感じがするのか。

そして俺は極めつきに嫌なことに気づいた。

俺は初めてこの時代に来た時と同じ、黒のフロックコートに、白いレースのシャツを着ている。

服装のおかげもあってか、マリーの家の従僕《じゅうぼく》たちに、俺は幾らか丁寧に叩き出された。撲殺されなかっただけましだろう。ダンタン通りの石畳《いしだたみ》にはいつくばり、しばらくそのまま動けなかった。通行人の奇異の視線を気にかける余裕もない。

ここは一八四三年の五月二二日だ。

俺がアリスの鏡を通って、この時代にやってきた初日。

「……鏡の故障……？　ロストしたのか？　俺が？」

痛む体を引きずって、マリーのアパルトマンの従僕たちが、俺の姿から目を離したのを確認してから、俺は一本南の通りへと全力疾走した。マリーのアパルトマンの裏手に回る道である。一階の裏口からそっと忍び込み、馬車の置いてある『駐車場』を抜けて階段を上り、掃除部屋へ飛び込んだ。鏡。俺の鏡。アリスの鏡。

『〇〇一二より本部へ。応答を願う』

駄目元だったが、まだ入力はできた。俺は返事を待った。本来ならばありえないことだ。返信は送信者が連絡を行った『きっかり一秒後の時間』に与えられるはずだからだ。

『本部より〇〇一二へ。ミッションの遂行を期待する』

「いや、いや違うんだよ……故障してるんだ。戻れないんだって……！」

俺は言いたいことを可能な限り詳細に説明した文章を、鏡に叩きつけた。時を超えた電文には費用がかさむそうなので、本来ならば一、二行で済ませるのがルールだが、今はそんなことを言っている場合じゃない。

『本部より〇〇一二へ。冬のつぼみを獲得せよ』

「ふざけるな！　せめてアルフレードを出せ！　頼むよ何とかしてくれよ……」

「困っているみたいね」

俺はようやく、自分が声をあげていたことに気づいた。幾ら憔悴《しょうすい》していたからといって、不用心極まりない。

マリー＝フォースは、お気に入りの白いドレス姿で、ランプを持って掃除部屋の入り口に立っていた。胸には初めて会った日と寸分変わらぬ、白い椿の花を咲かせて。

人形のように落ち着き払った顔で、まるで慌てた素振りがない。

脳髄《のうずい》が凍りつくような悪寒が駆け抜けた。

「てめえ、まさかこの故障の原因は……！」

「一九世紀の人間にそんなことが可能だと、あなた本気で思っているの。これは会社側の思惑よ。あなたを意図的にループさせているだけ」

「だけって……」

「『過去も未来も、現在にしか存在しない』。ピンパーネルの法則は、ただの文学的な呪文じゃないのよ」

凛《りん》とした声でフォースは続けた。こいつは何を言おうとしているんだ。

「時間遡行の理論が成立し、アリスの鏡が創《つく》り上げられたあと、物理学者たちは奇妙な現象に気づいたそうよ。一度開いた鏡を維持したまま、エネルギー供給を鏡の維持に必要な最低値ギリギリまで落とすと、鏡の機能が変わってしまう。鏡の向こう側から返ってくることができなくなるの。入っても入っても、最初にその人間が鏡から出た時と同じ姿のまま、最初に遡行した場所と時間に出てきてしまう。ループと呼ばれる現象ね」

異様な光景だった。

一つ上の階では宴会が繰り広げられている。陽気な酔漢《すいかん》たちの能天気な歌声も聞こえてくる。薄暗い掃除部屋の中、俺の目の前に立っている、胸元に花を飾ったドレスの女が、二一世紀の時間遡行理論を説いている。シュルレアリスム絵画に切り取られた一場面のようだ。間違った世界に来たとしか思えない。

最初に遡行した場所と時間に——何度でも?

フォースは淡々と言葉を続けた。

「エネルギーを絞られた鏡に入った人間には、物理学者曰く『興味深い』現象が幾つも起こるそうよ。たとえば容姿――いえ、年齢と言うべきかしら。ループ状態の鏡からは、入った時と同じ姿のまま出てくることはできない」

「わかる言葉で喋ってくれ！」

「ごめんなさいね、今まで誰にも話したことがなかったから。肉体と記憶にズレが生まれると言えばわかりやすいかしら。あなたの頭の中身は、最後に鏡に入った時の記憶を引き継いでいる。でも肉体は――お洋服もそうだけれど、あなたの体は、初めて会社からここへやってきた時のものに置換されている。何日何週間何年ここで過ごしたのか知らないけれど、鏡に入るたび、あなたの体は最初にここに来た日と同じ状態に戻るのよ」

戯言の全貌《ぜんぼう》を理解するには程遠いが、一つだけわかることがある。

つまりこいつは、俺が意図的に、奇妙な世界に放り込まれていると言いたいのか？

「過去のあなたと今のあなたが同化して一つになるわけではないのよ。過去のあなたはこの時間軸の中に存在しているから。ループをするたび、同じ時間の中に同じ人間が増えるから、感覚的には『分裂状態』と言えるかもしれないけれど、それぞれのあなたは別の自意識を持った別個の人間として行動している。やはりドッペルゲンガーと呼ぶのが的確かもしれないわね。一部では『乗り換え』と呼ばれる現象らしいけれど、原因、理論、共に未解明。大きなモルモットを使った実験のし甲斐《がい》がありそうね」

「いい加減にしろ！　悪趣味な冗談を聞きたい心境じゃないんだよ！」

「もちろんこれは冗談じゃないわ。本部の物理学者たちが、鏡を通常の状態に調整してくれるまでは、何度鏡をくぐっても二一世紀には帰れない、哀れなアリスは無限回うさぎの穴に落ちるというわけ」

「嘘だ！　俺は信じない、そんなことありえない……！」

「ならあなた、何故自分が最初の遡行と同じ服を着ているのか、私に説明できるの？」

俺は歯を食いしばって、自分の体をめったやたらに触った。間違いない。アルフレードがあの暑い部屋で俺に着せてくれたコートだ。似たような服を着た紳士がこの時代にはごまんといるが間違いない。くるみボタンの一級品とやらで、内ポケットに少し傷があるけれど気にしないでくださいねとあいつは笑っていた。同じ場所に傷がある。笑っていた？　あいつは俺がどうなるかわかっていたのか？　それで笑った？

俺はあいつの友人でも何でもなく、ただのモルモットだったのか？

「脳科学上の問題は研究中だという話だけれど、実用可能になったら人道は二の次三の次というのは世界的な風潮ね」

「ふざけるな！　俺は帰りたい！　こんな時代に取り残されてたまるか！」

叫びをそのままキーボードに叩きつけ、送信した。自分のＩＤも書かずに入電するのは初めてのことだ。

返事は定刻に、来た。少しだけ文章が長くなった。

『本部から〇〇一二へ。冬のつぼみの奪還《だっかん》は急務である。何度でもトライしてほしい。諦めないでほしい。また、本電文は自動的に送信されている。冬のつぼみの発見時にのみ、特殊なパターンの電文が送付される。以上』

「ふざっ……ふざ、ふざけるな！　アルフレード！　お前からも何とか言え！　騙《だま》しやがったな！」

何度入電しても、帰ってくるメッセージは同じだった。質量のない陽炎に拳を叩きつけると、アパルトマンが揺れた。俺は膝《ひざ》から床に崩れ落ちた。

悪い夢だ。こんなのは悪い夢だ。

ランプの明かりが近づいてきた。埃っぽい部屋の中で、椿姫はそっと膝を折った。自暴自棄な怒りは持続しない。怒りが弾けてしまうと、俺は力なく呆然《ぼうぜん》とするほかなかった。八つ当たりする気力もない。俺を見下ろすフォースの顔は静かだった。狼狽《ろうばい》する様子もない。何て女だ。こんな状態になっても眉間《みけん》に皺《しわ》ひとつ――

俺は目を見開いた。

「……まさかお前……も……？」

「どうしても株主総会までに現物が必要だった。でも遡行機を動かせる回数は限られている。結果としてトリプルゼロナンバーを一人使い潰すという決定が下された」

「使い潰すだと？」

「冬のつぼみを手に入れるまでの間に、私は同じ一週間を四十回ループしたわ。七日かける四十で、二百八十日。永遠に進まない時間の中に閉じ込められた。途中で三回、自分が誰かもわからなくなって、一回は本当に倒れて、王宮の門番の家族に介抱されたこともあった。常識人のあなたにお尋ねしたいのだけど、私たちの雇用先って、本当にいい会社かしら？」

「……恒常的に行われてたってことか」

「あなたは凄腕《すごうで》で、同時にとても運のいい人だったのね」

ルフ、と俺を呼ぶ声は、うんと昔の記憶の中のフォースそのままだった。おかっぱではないし、黒い髪には宝石が鈴なりで、三階からはマリーと彼女を呼ぶ声が聞こえる。だがこいつは間違いなく俺の知っているフォースだ。

氷のナイフのように、常に冷静で、恐ろしいほど頭が切れる。

「ロストした人たちの大半は、恐らく途中で盗みを諦めたのよ。会社としては同じ時間に通じるアリスの鏡さえ作り出すことができれば、人間の補充は簡単に済むのだから、痛くもかゆくもないわ」

「………そりゃ、お前は、痛くもかゆくもないだろうよ。でも俺はとんだとばっちりもいいところじゃねえか！　てめえがエッグを盗み出さなかったら！　こんなことにはならなかっただろ、違うか！　返せよ！　お前が返せば俺は帰れるんだ！」

「ダブルゼロナンバーの遡行者を一か八かのミッションに送り出した理由は、恐らくそこね。私とあなたは同期だったから、情が湧くかもしれない。私があなたを憐《あわ》れんで、エッグを渡すかもしれない。くだらない心理戦だわ」

「知るか！　俺はそんなの聞いてない！　渡せよ！　必要なんだよ！」

「絶対に嫌」

「どうしてだ！」

「少なくとも私は、あなたより会社のやり口を知っている」

「そりゃそうだろうよ、横領できるくらいだからな。渡せ！　俺の通行手形なんだぞ！返せ！　さもないと」

ふらふらと立ち上がり、両腕を伸ばして摑《つか》みかかろうとした俺は、白いドレスの女に投げ飛ばされた。柔道の投げ技――大外刈り――確かそんな名前だったはずだ。痛みは遅れてやってきた。おかげでボケていた頭が急に冴《さ》えた。相手も元プロの泥棒だ。怒鳴り散らして勝てる相手じゃない。

埃がもうもうと舞い上がる中、俺は頭上にフォースの顔を見た。

怒っていない——涼しげでもない。蔑《さげす》みでもない。

むしろこの顔は。

悲しみに似ている。

「そこでしばらく頭を冷やすといいわ。好きなだけ鏡に電文を送信してみなさい。同じ文章しか返ってこないわよ」

鍵をかける音のあとに、扉の向こうで咳き込む声が聞こえた。埃は喉《のど》に悪い。きっとあいつは今血を吐いている。結核の所為だ。二一世紀なら簡単に治る病気の所為だ。こんなふざけたことがあってたまるか。

「フォース！　聞いてるんだろう！　お前の病気も治るし俺も帰れる！　変な宝石卵なんか、金持ちの物好きにくれてやればいいんだ！　そうだろう、違うのか!?　どうしてそんなにこの時代に居座りたがるんだよ！」

待てど暮らせど、返事はなかった。

俺は頭を抱えたままアリスの鏡に向き直った。

『〇〇一二より本部へ。作戦の詳細を送信されたし。意味がわからん』

『〇〇一二より本部へ。誰か話のわかる奴を頼む』

『〇〇一二より本部へ。一度そちらへ帰りたい。おかしな真似はやめてくれ』

『〇〇一二より本部へ。ぶっ殺してやる』

返事は全て一律、自動送信である旨《むね》が最後に記載されたご挨拶のみだった。

俺はうずくまり、少し泣いて、鏡に飛び込んだ。

出てきた先はやはり、同じ埃っぽい部屋だ。


「……ちくしょう」


背後に気配を感じて、俺は壁のくぼみに隠れた。鏡の輪郭がくっきりと浮き上がる。

身を潜めた、数秒後。

見慣れた男が姿を現した。


「……?」

黒いフロックコートに、白いシャツ――俺だ。

不条理絵画のような風景は、猛烈な吐き気を呼び起こした。思わず口元に手をあてる。

おかしなことに鏡から出てきた男も同じポーズをしていた。前のめりに、歯を食いしばって、血走った目ばかりぎょろぎょろ見開いて、薄暗い部屋を駆けだしていった。俺は入れ替わりに鏡の中に飛び込んだ。何も考えたくない。こんなのはもうたくさんだ。

飛び込んだあとに俺は気づいた。

全身を吸われるような感覚。静電気。鏡からはじき出される体。

俺は口元を押さえたまま、掃除部屋を駆けだした。右側の薄暗がりは絶対に見ないように。あそこには俺がいる。ピンパーネルの法則で、乗り換えだか増殖だか知らないが、過去の俺が、あそこに。

ドッペルゲンガーの徘徊《はいかい》する悪夢の世界には、出口がなかった。

従僕たちに放り出され、路上に倒れ伏しているフロックコートの男の脇をすり抜け、俺はダンタン通りを走り抜けた。セーヌ川が間近に見えてくるあたりまで走って、息を整えた。全力疾走するブルジョワ男という滅多にお目にかかれない見世物に、人々は奇異の視線を浴びせた。

「ふざけるな、ふざけるな、ふざけるな……！」

一九世紀のセーヌ川は臭《にお》う。百万人都市の生活排水がそのまま流れ込んでいるドブ川なのだから当たり前だ。でもガス灯がある。ルーヴルもある。まだ爆撃されておらず、俺たちの社員寮になってもいない宮殿がある。何よりまだ川に水が流れている。歴史を感じさせる情景だ。エッフェル塔がないのは同じだが、こちらは『まだ』建っていないだけで、

『もう』爆弾テロの餌食《えじき》になったわけではない。

でもここは俺の居場所じゃない。

川べりの像にへばりついて、吐きそうなのか泣きそうなのかわからない頭で毒づき続けていると、商売女が寄ってきたので、俺は仕方なく川べりの道を歩いた。えんえんと。どこまでも。悪夢の果てる場所を探すように。夜が明けるまで。

朝のパリは美しい。灰色の空に、金色の光が訪れて、魔法のような水色を浮かび上がらせてゆく。この空が俺は好きだ。

たとえそれが悪夢の中だったとしても。

「……何度目だ、お前と『はじめまして』って挨拶するのは」

「今日だけなら三度目、パーティの夜から数えるなら通算七度目の『お久しぶり』ね」

「…………今日お前に挨拶するのはまだ二度目だ。俺はこんなくそったれな仕事をまだ続けなきゃならねえわけか……」

「諦めなさい。あと二年と少しなら、私はあなたのことを助けてあげられる」

「お前の寿命はもう三年あるはずだぞ。エッグはないのか？」

「あるわ」

「正直に答えてくれ。ないのか？」

「あるって言ってるじゃない」

「宝石一つ一つ、バラバラにして売り払ったんだろう。この家の維持費か、バカみたいな宴会の足しにしたのか？　俺はありもしないものを探しにここに来たのか」

「泥棒の風上にも置けないような台詞ね。会社のやり口には感心しないけれど、私は確かに感謝しているのよ。美しいものを美しいと思う精神を育ててくれたのは、間違いなく彼らの泥棒教育の賜物《たまもの》だもの」

「御託はいい！　あるなら今ここに出してみろ！」

「できないわ」

「理由は！」

「ある人に預けているから」

目を剥《む》くような言葉だった。

預けている？

会社から奪い取った宝を、過去の人間に？

原始人にゲーム機を貸してどうするって言うんだ？　いや確かにあのエッグは、この時代の人間なら十分に、美の真髄《しんずい》を愛《め》でられる代物《しろもの》かもしれないが。

頭がガンガンしている最中に、とどめに中華鍋で思いっきり後頭部をぶんなぐられたような衝撃で、俺は手で顔を覆った。マリー＝フォースはご親切にもアーモンド水を一杯注いでくれたが、飲む気にはなれなかった。

「……誰だよそいつは」

「言えない」

「………他の会社からも誰か来てるのか？」

「パリは完全にジャバウォック社の管轄でしょう。よその遡行会社がアリスの鏡を設置しようとしても圏外になる設定よ。ダブルブッキングはタブーだもの。嘘だと思うなら鏡に尋ねてみたら？」

皮肉なことだが、全ての元凶であるはずのフォースが目の前にいてくれることに、俺は少し安堵していた。もし完全にここがアウェイで二一世紀の話の通じる人間が一人もおらず、誰にも自分の身の上を話すことすらできなかったら、俺は間違いなく使い物にならなくなっていただろう。ロストした――あるいは『させられた』――奴らも、そのパターンだったのか。怖気《おぞけ》が走る。

「さっき試しに『エッグ入手、帰還する』って送ってみたよ。跳ね返された。意味がわからん。本当に俺がエッグを持ってたらどうするつもりだったんだ。確かめるために、一度会社に戻してくれたってよさそうなのによ」

「ルフ、少し会わないうちに頭の悪さに磨きがかかったわね。もう少し静かに考えることを覚えなさい」

「幼馴染に説教されたくねえよ……くそ……あと五回もあるのか……」

「何度も何度も『あなた』に押しかけられる私の身にもなってほしいわ」

「質問がある」

「おいしいレストランを探してるなら、イタリア通りのトルトニがおすすめよ」

「お前はどうやって冬のつぼみを盗み出したんだ？」

レースのドレスとカシミアのショールに身を包んだ女は、ふと二一世紀の女の顔に戻った。一九世紀の流行の巻髪も悪くはないが、やっぱりこいつにはおかっぱが似合うと思う。

「それは、ロシアの工房から？　それとも会社から？」

「会社の方はいい。この前質問した時にお前は答えなかったからな。ドッペルゲンガーが大量に出現するような修羅場を体験した先輩の、アドバイスを聞きたいのさ」

マリー＝フォースはぱっと扇子《せんす》を開いて、微笑む口元を隠した。完璧なコスプレに、俺も少しずつ慣れ始めている。シャンパンの飲みすぎを控えるために、貴婦人が手袋の片方をグラスに突っ込んでも動じない。この時代の常識だからだ。

だがフォースの黒い瞳は、あの頃と同じだ。

常に冷静さを失わず、燃えるように激しい。

「あなたは真面目なビジネスマンなのね」

「帰りたいだけだ。お前だってそうだったんだろ」

「あの時はね。大原則は、『自分』の協力を仰《あお》ごうとしないこと」

「それはわかってる」

三度目の遡行のあと、川沿いをぶらぶら歩きしながら、俺は閃《ひらめ》いた。事情を知っている『俺』が、同じ時間に何人もいるのなら、ちょっと気持ち悪いが三つ子同盟が組めるじゃないか。そう思って俺は過去の自分の行動を思い返し、『俺』を探したが、後ろ姿を見かけた途端に強烈な眩暈《めまい》に襲われた。激烈なアレルギーのように体が反応して、足が全力疾走で『自分』から逃げようとする。気づいた時にはまた川べりにいて、胃袋の中身をげえげえ吐いていた。二日連続でいい見世物になってしまった。

「……あれは一体何なんだ？　遡行してきた『俺』と、鏡の前で待ち合わせして、お前のこと袋叩きにすれば圧勝なのによ」

「ひどい提案だけど正論ね」

「ならどうして」

「無理よ。社訓、覚えているわよね。『過去も未来も、現在にしか存在しない』」

「要するに過去で何をしでかしても、元の世界に戻れば何事もなくカタがついてるってことだろ」

「裏を返せば、歴史を大幅に改変してしまうほどの出来事は、どんな些細《ささい》なことでもできないようになっている。たとえば『五つ子の男、連係プレーでマリー・デュプレシを殺害』とか」

「自分の親父を殺したって歴史は変わらないんだろ？」

「あなたそれ、自分で試してみたことがあるの？」

言葉に詰まる。父親問題は、時間遡行者になる時の研修で叩き込まれる『心配ないさの呪文』みたいなもので、実際に試した奴は、少なくとも俺の知る限り存在しない。そもそも俺たちは、親兄弟の顔も知らない奴がほとんどだし、泥棒の仕事場である上流階級で暮らしていた先祖を持っている奴も、ほぼ、いないだろう。

でもそれなら何故今までは疑問に思わなかったんだ？

『心配ないさの呪文』って、誰が言ったんだっけ？

『誇りに思うよ』

またただ。

『ここで共に演奏できた事を誇りに思う』

画像と音声が頭の中で一致しない。この時代への最初の時間遡行の時にも、こいつの声を聞いたような気がする。誰だ。いい加減教えてくれたっていいじゃないか。

「……くそっ」

「どうしたの？」

「…………何でもない。心配しなくても、お前を殺す気はねーよ。エッグの在り処がわからなくなる。殺しても探し出すくらいの覚悟はあるけどな」

「この時代にも警察はあるのよ。もう少し穏便な手段を考えなさい。監獄行きになって、北方で船曳《ふなびき》の刑になったら、アリスの鏡のある場所まで戻ってくることさえできなくなるわ」

「ループしかさせてくれない鏡に戻ってどうするってんだよ。俺の心配するなら、さっさと卵を出せ」

「無理よ。貸しているって言ったでしょ」

「誰に」

「さあ」

思わせぶりな言葉の裏を読もうにも、今の俺にはツテがない。マリー＝フォースが何を考えているのか、どこまで知っているのか、知っているなら何故俺に隠すのかも謎、あるいは本当に何も知らないのかも謎、会社の思惑も半分以上謎のまま。宙ぶらりんの操り人形になったような気分だ。

アリスの鏡の副作用で、まだ頭が痛い。

「……フォース。お前の考える、最高のプランを聞かせてくれよ」

「プラン？」

「お前が俺の立場だったら、お前どうする」

「この時代に順応することをおすすめするわ」

舌打ちしか出てこなかったが、礼儀正しい高級娼婦は表情を崩さなかった。

「一緒にロストしろってことか」

「どうせ戻れないのよ。今この場所で幸福を追求するのが一番だとは思わない？」

「そういうのを詭弁《きべん》って言うんだよ！」

俺が椅子を蹴立てた時、計ったように扉が開いた。クレマンス――ではなかった。

黒い髪の女の子が立っていた。俺が初めて家探しに来た日、ランプを持ってきた子だ。
十七、八だろうか。化粧は薄いが、潤《うる》んだ瞳が可愛らしい。確かローズと呼ばれていた。
「奥さま、ピアノの先生がいらしています。お待たせしていますが……」

マリーの目くばせで、俺ははっとした。ここへやってきたのが二日、一週間の観察のあと、安宿の寝床でふて寝し、クレマンスに百フランを巻き上げられ――今日は木曜日か。

「一度目のあなたかしら。覚えがある？」

「……………あるよ。『舞踏への勧誘』弾かされた」

「あんなのも弾けたのね」

「窓から帰る。自分と顔を合わせると吐きそうになるからな」

「まだ日中よ。階段から帰りなさい。客室でお待たせしてあるから顔は合わせないわ」

「それであの時は随分待たされたってわけか」

「ローズ、ご案内して差し上げてね」

はい奥さま、という声と共に、俺は小間使いに引き取られた。両手がわなわなと震える。

この家のどこかに、俺がいて、そいつはこれから呑気《のんき》にピアノを弾き始めるのだ。

あの時既にマリーは、俺が何度もこの時間をやり直すことを知っていた。

一階、表通りへと通じる馬車置き場に出た俺は、耐えきれずに喉の奥から獣《けもの》のような唸《うな》り声を漏らした。ひっとローズは呻《うめ》いた。

「…………悪いね、独り言なんだ。あいつのことぶっ殺してやりたいとか、思ってないから」

「お名前を、お伺いしてもよろしいですか」

「名前？　ルフだよ。よろしくな。今の俺、機嫌が悪いけど、あんたの所為じゃないから勘弁してくれ」

「ルフさん、ですか」

フォースの小間使いは、何故か少し残念そうな顔をした。俺が出戻り貴族か、高名なダンサーの苗字でも名乗ることを期待していたのだろうか。知ったことか。

「信じてもらえないかもしれないけど、あんたの奥さまの古い知り合いなんだ。昔の友達だよ。クレマンスには言い寄るための嘘八百だって言われたけどな」

「信じます」

「……どうして？」

「私がマリーだから」

え？

俺が硬直していると、ローズと呼ばれていた少女は、小さな声で、しかしはっきりと繰り返した。

「本物のマリーは、私なんです」

「……本物のマリー・デュプレシ？」

「はい。彼女は最初、私にフォースと名乗りました。あなたもさっき、彼女をそう呼んでいたから、信じます。盗み聞きをしてごめんなさい。心配だったんです」

「あんた、どうして……」

「奥さまがお優しかったんです。私が帽子屋でお針子《はりこ》として働いていた時、声をかけてくださって、私の名前を貸してくれるなら、自分が死ぬまでは面倒を見てあげるって。最初は意味がわかりませんでした。でも奥さまが私の名前で、どんどんお金を稼いで、こんなアパルトマンも手に入れて、有名になってゆくのを見て、わかりました。私はとても運がよかったんだって」

「でもあんたは自分の名前を捨てることになったんだろう」

「捨てたわけじゃありません。ローズ・アルフォンシーヌ・マリー・デエが、私の名前ですから。ローズも私の本当の名前です」

「クレマンスは？　あいつもマリーの自称幼馴染だろう」

「本当に『自称』ですけれど、何かと便利なので、奥さまは邪険にはなさいませんでした。久しぶりって言って近づいてきた彼女には、欲得ずくの計算以外本当に何にもないみたいだって、安心していたみたいです。でも……本当の友達がいらしたのは初めてです」

俺は歴史の采配《さいはい》に感謝した。そうか。こういう手もあったんだ。

「ローズ、いや、マリー、君は幾つだ？」

「十九歳ですけれど……」

「十九歳！　まだまだ人生これからじゃないか！　君はきれいな首飾りや流行の服で着飾って、毎晩出かけたくないのか？　自分が手に入れるはずだったものを、見ず知らずの女が楽しんでるのを見て、悔しくないのか？　俺が君の復活を助けてやるよ」

もし仮に、俺がフォースを捕らえて、しばらくの間仕事のできない場所へ連れ去って荒っぽく尋問《じんもん》しても、歴史の歯車は暴走しない。本物の『椿姫』が脇に控えている。代打がいるのだ。いやフォースこそが代打なのだから、真打登場と言うべきか。

やっぱり会社は正しい。『過去も未来も、現在にしか存在しない』。

今ここで俺が何をしたって、結局何の心配もないのだ。

裏切り者の繰り言に耳を貸す必要なんかない。

これが正解への道なんだと安堵の息を漏らした俺に、ローズは鉄の表情で応じた。

「嫌です。お断りします」

「まあまあ、じっくり考えてみろって！　悔しくないか？　憧れってものはないのか？　君が本物なのに、使用人の身分に甘んじるなんておかしいじゃないか。野心持とうぜ」

「……やっぱりあなたは、本当にフォースさんのお友達なんですね」

「もちろん友達だよ！　だから元いた場所に連れて帰りたくてここに来たんだ！」

「ますます協力できません」

「何で！」

「『絶対帰りたくない』」

俺が目を見開くと、黒い瞳の少女は、ぎゅっと拳を握りしめたまま、俺の顔を覗き込んできた。大きな瞳には、血走った俺の顔が映し出されている。我ながら鬼の形相だ。

「初めてお会いした時、奥さまはそう仰《おつしや》いました。もし将来、自分を連れ戻そうとする『友達』や『仲間』が現れたとしても、協力してほしくない。もし協力するならば、申し訳ないけれど私はあなたのことを見限らなければならない――そういう約束なんです。きっと私にとっては素晴らしい申し出をしてくれるだろうから、止めはしないって仰いました。私は奥さまのそういうところが好きです。お受けできません」

「……フォースってそんなに、いい奴か？」

「帽子屋の奥さんに比べたらずっと。お給金もいいし、読み書きも教えてくださるし、無茶は言わないし――たまに仰いますけど、それでも」

「『名前をくれ』も相当無茶だと思うぜ」

「おかげで私は何不自由ない生活を送っています」

「あいつは病気なんだ。連れて帰らないと死ぬ」

「肺の病気になった人は、遅かれ早かれ死んでしまいます。どこの国でも同じです」

「俺たちの国ではそうじゃないんだ！　あんなもんは注射の一本で治せるんだよ！」

「では、いっそう強い理由があって、ここに残りたいのではありませんか」

　言われてみれば、正論だ。

　フォース以外とはまともに会話していなかったこともあり、俺は奇妙な恐ろしさを覚えた。

　一九世紀の人間にもわかることに、どうして俺は考えが至らなかったのだろう。

　もちろんこんな非常識な状況に置かれたら誰だって混乱する。百戦錬磨《ひゃくせんれんま》の泥棒だって少しは自分に手心を加えてやりたくなる。だが今までの『盗み』だって、予想外の事態に出くわしたことはあった。その都度俺は冷静になれと自分に言い聞かせてきたはずだ。監禁して荒っぽく尋問？　フォースを？　宝石の卵のために？

何を考えてるんだ俺は。

奇妙な感覚だ。眩暈に似ている。

自分の体が遠い。自分のものではないような気がする。

今のあなたに考えてほしいのは、と言うマリー＝フォースの声がこだまする。

『誇りに思うよ』という謎の声が、頭蓋骨《ずがいこつ》の中で響いている。

何なんだこれは。

この時代に来てからというもの、頭の中で見知らぬ男の声が鳴り響いている。

仕事には関係ない、どうでもいいと無視し続けてきたが。

どうかしているのはフォースなのか？

ジャバウォック社なのか？

それとも――

俺が青い顔で黙り込んでいると、ローズは再び口を開いた。

「昔、奥さまはよく、泣いていらっしゃいました。『どうして気づかなかったんだろう、何故もっと早くこうしなかったのだろう、そうすれば誰も傷つかないで済んだのに』って気づかなかった？」

もっと早くこうしなかった？

何の話か見当もつかない。

だがこの暴走にも、何かしら筋の通った理由が存在するのだろう。フォースは無意味に意地を張って死のうとするような奴じゃない。

誰も傷つかないで済んだのに？

『誰も』というのは、誰のことだ。

「ルフさん？」

「……駄目だ、わからん」

「すみません、変なことを言って」

「いや、おかげでちょっとだけ、頭がはっきりしてきたよ。駄目元で聞くけど、あんた、初めてフォースに会った時に、不思議なタマゴを見なかったか？」

「え？」

「宝石のぎっしり付いた、洒落たタマゴとか」

「奥さまは何も持っていらっしゃいませんでした。お部屋にある飾り物は、ここへいらした殿方からの贈り物か、奥さまがご自分でお求めになった品です」

「駄目か。もしかしたら俺、似たような質問をあんたに何度もするかもしれないけど、許してくれよ。忘れっぽい性分なんだ」

「わかっています。奥さまからもお言付けをいただいていますから。『何度も同じ質問をされるかもしれないけれど、その都度初めてのように答えてあげなさい』って」

「ご親切痛み入るぜって伝えてくれ」

二週間ねばって、五回の鏡の出入りを繰り返し、全く同じ結果——一八四三年の五月二二日に戻ってくるだけだと悟った俺は、試しにフォースのプランを受け入れてみることにした。この世界に順応してみるのだ。

二週間先までの自分とは出くわさないように、ブーローニュの森の乗馬道や料理店をぶらぶらして、そこから先は何食わぬ顔で、どこかのパトロンと旅行へ行くフォースを見送り、帰ってきたらピアノの家庭教師として再びアパルトマンに出入りする。

五月、六月、七月。初夏のパリは優しい。八月、九月の日差しは焼けつくようだ。十月、十一月はマロニエの木の実があちこちに転がる。十二月、一月、二月、白銀の世界が広がる。三月、四月、地面から新しい芽が吹く。常に汚物の臭いが漂っているが、煤塵《ばいじん》の他には何物にも汚染されていない大地は、ひょっとしたら二一世紀の終わりよりも美しいかもしれない。

また五月が巡ってくる。フォースは頻繁に血を吐くようになった。

それでもピアノの練習をやめようとはせず、ピアノは寝室に移された。

椿姫の客は入れ替わりが激しかった。一年どころか、一カ月通い詰める男も稀だ。理由は彼女の恐ろしいほど派手な金遣いにあるのだろう。マリーのサロンでは夜ごと賭博《とばく》が催され、シャンパンが開けられ、少なくとも二日に一度は、服屋や宝石屋の人間が、新しい品物を置いてゆく。V・Vというたいそう縁起のよさそうなイニシャルの旦那は、姿も見せず百個のオレンジを百枚の百フラン札でくるんでは送りつけてきて、最後には破産したと新聞に書かれていた。この時代の人々の、些細なことへの聞き耳の高さは称賛に値《あたい》する。多分他にあまり面白いことがないのだ。俺も新聞の連載小説を追いかけるのが楽しみの一つになっていた。連載作品は学校の教材でもあった長編『モンテ・クリスト伯』なので、先の展開は全部知っていたが、連載を追いかけるのは格別の暇潰しだ。単行本がよく売れていて、作者の息子はマリーに貢《みつ》いでいる。不思議な巡り合わせもあったものだ。

一八四六年の一月。

俺がこの時代にやってきてから、二年と半年ほどが過ぎた頃、『モンテ・クリスト伯』は完結した。絵に描いたような爽快《そうかい》なハッピーエンドだ。

フォースはピアノのレッスンができなくなった。血の吐きすぎで、起きていられる時間の方が短くなったのだ。それでもピアノを聴きたがるので、俺は子守唄代わりに『舞踏への勧誘』や『クイーンビーZのテーマ』を弾いたりした。内臓を全部吐くのではないかと思うほど、フォースはひどい声で咳き込む。

男たちは次第に姿を見せなくなった。

「あんたも見かけによらないんだねえ。あんな姿になってもまだ来るってことは、ほんとに惚《ほ》れてるんだろう」

甲斐甲斐しく世話を焼くローズとは対照的に、クレマンスは時々、恐ろしく冷淡になる。それはそうだろう。彼女の目当てはフォースではなく、彼女を目当てにやってくる男たちからとる斡旋料だったのだから。

「可哀そうにねえ。そのうち神父さんを呼んでやらなきゃ。どんな女だって、終油の秘跡《ひせき》は欲しいだろう」

終油の秘跡。死ぬ前に坊主がやってきて、それまでの罪を全部許してくれる儀式のことだ。虫のいい話もあったものだ。死ぬ前に悔い改めれば全部チャラになるなんて安直すぎる。それでもみんな赦《ゆる》されたがるから、俺のいた時代にも、定番の儀式として残っている。

「……クレマンス、天国を信じるか？」

「当たり前だろう！　無神論者かい？　やだねえ怖い怖い。最近多いんだよ、そういう不信心な若いのが。ああ嫌だ嫌だ」

「小難しい話じゃない。死んだらいい所へ行けると思うか？」

「考えたこともなかったよ。あんたみたいに暇人じゃないんでね」

どっちが無神論者だかわからない台詞を吐いて、クレマンスは俺の顔を覗き込んできた。そこそこ愛嬌《あいきょう》のある、ハイエナの顔立ちだ。

きっと俺もこんな顔をしている。

「あんたは？」

「……さあな。でも、元いた場所に帰れたらいいのにとは、思うかな」

「ふん。なんなら今すぐお帰りよ。どうせもう碌《ろく》に話なんぞ、できやしないよ」

帰りたくても帰れない。

俺はマリーの寝室へ続く扉をノックした。

涙目のローズが扉を開けてくれる。

どうぞ、と促すフォースの声はガラガラだ。フォースは理科の成績も、とてもよかった。アーモンド水もハッカの軟膏《なんこう》も、気休め程度の効果しかないのは、この時代の誰よりもわかっているはずだ。

枕元に腰掛けると、ベッドはよく撓《たわ》んだ。マリーにとっては仕事場でもある。金色の脚と、緞子《どんす》と繻子の天蓋がついた高級品だ。ろくに仕事ができなくなった今、それが救いになっているのは随分皮肉な話だ。上掛けは可愛らしい桃色の小花柄で、血が飛んでも目立たないんですとローズが言っていた。

大きな羽毛の枕の中に、長い髪の持ち主が埋まっていた。

熱っぽく潤んだ黒い瞳は半開きのままで、黒い巻毛が額に張り付いている。

夢うつつに、一分か二分経ってから、フォースは枕元に誰か立っていることに気づいた。

「ごきげんよう……あら、ルフなの」

「よう。そろそろ限界だろ、帰ろうぜ。手遅れになっちまう前に」

ゆっくりとまばたきをする顔は、蠟人形《ろうにんぎょう》のように白かった。俺はフォースが鏡に向かって、粉白粉をつけていた夜を思い出した。化粧をしている様子はないのに、あの時より何倍も白い。これは骨の白さだ。

咳き込むフォースの背中を、白い寝間着ごしにさすると、奇妙なことに気づいた。

咳をしながら笑っていた。

「……不思議だわ」

「何が」

「『帰る』なんて……まだそんなことにこだわっていたのね」

「何のために三年も費やしたと思ってるんだよ。このままだとお前の墓碑は一八四七年じゃなくて一八四六年になっちまうぞ。エッグはどこにあるんだ。誰に預けたんだ。取り返してきてやるよ。終油の秘跡より先に、もう一度くらいあのお宝が見たいだろ」

「残念だけど、まだ預けているの。もうすぐ返ってくると思うのだけど」

「だから、どこの、誰に預けたんだ。黙秘したままポックリなんて笑えねえぞ」

「……何回目？」

「あ？」

「今のあなたは何回目？」

久々に頭を金づちでぶん殴られるような衝撃だった。

三年目のマリーに『何回目』と尋ねられるということは、この先にも俺がこの時代までねばり続けるということだろう。

つまり、また三年間近く。

ひょっとしたらもう一度――だけではなく。

何度も。まだ何度も。

俺が何も言えないでいると、今にも死にそうな病人は、ゆっくりと腕を伸ばして、俺の頰に触れた。ほとんど骨と皮のような手だった。拷問《ごうもん》でもしようものならすぐに死んでしまうだろう。なのに今の俺が縋《すが》れる唯一の相手だ。

「……頼むよ。頼むから。フォース。頼む。俺にはもう無理だ」

「何か弾いてくれる？」

無邪気な声だった。俺は言葉を飲みこんだ。

お前はもうとっくに、ここで死ぬと決めていたのか。

俺のことなんかどうでもよかったのか。

声にならない声を漏らし、歯を食いしばり、フォースの顔を見ると。

「あなたのピアノが、とても好きなの」

薄く開いた目が、俺を見ていた。

半開きの唇には水気がない。血は吐く。だがもうほとんど何も食べていない。

一回り小さくなったフォースは、まるっきり幼い子どものように見えた。

枯れ川の船の中で暮らしている、病気持ちの子どもだ。

嫌になるほど見たものを、俺の頭はフラッシュバックした。

ヌフ橋のあたりのセーヌ川の両岸には、遊覧船の残骸《ざんがい》が、芋虫の死骸のように幾つも幾つも転がっている。船の中には栄養不良の子どもたちが、越冬する昆虫のように身を寄せ合って暮らしている。食料は強い奴から食う。弱肉強食の船内に、仲間意識はほとんどない。体の一番小さい奴が雑用役をさせられる。俺みたいに。階級社会はどこでも同じだ。

弱った人間は焦点の合わない、目脂《めやに》のたくさんついた湿った目で壁を見ている。仲間の持ってきてくれる水も飲めなくなったら、翌朝にはもう姿はない。子どもがうろついても目立たない夜のうちに、橋の上の焼却場まで持っていくからだ。放っておくと死体は腐って臭う。死体運びもいつも俺の仕事だった。俺は船の中で、一番どうでもいい奴、一番死んでもいい奴だった。

芯《しん》から、不条理だと思った。

一番食わせてもらえない人間がどうして一番働かされる。やってられるかと思った。だから船を飛び出して、大人たちのいる川の外の世界に足を踏み入れたのだ。縄張りを荒らされたごつい男たちに囲まれて、ぼこぼこにされてゴミ捨て場で死にかけているところに、温かいスープを持ったジャバウォック社のピックアップトラックがやってきた。

あの時のじゃりじゃりした芋のスープの味を俺は一生忘れないだろう。

ひゅう、ひゅう、と風の音が聞こえる。フォースの息だ。がらがらになった喉は、立てつけの悪い建物のように、呼吸のたびに苦しげな音をたてる。

俺はこいつがどんな暮らしをしてきたのか知らない。だが天国から地獄にやってくる奴はいない。こいつだって俺と同じように。

きっと芋のスープ一杯で夢を見たのだ。

大金持ちになる夢なんか見ていなかった。地獄に開く扉の行き先は別の地獄と相場が決まっている。それくらい子どもだってわかる世界で生きてきた。でも。

それでも、もう少し。

もう少しくらいは、ましな地獄に行けたと思っていたのだ。

こいつだって俺と同じ夢を見ていた。俺だって誰かに夢を見せてほしかった。

俺はこいつに死んでほしくない。

冬が来たら死体だらけになってしまう観光船の中より、少しでもましな地獄だと信じていてほしい。真実そうだと思ってほしい。少しはましな夢を見てほしい。

俺はフォースの手を握り、どうにか顔を微笑みのかたちに歪《ゆが》めた。

「……ピアノ、弾くよ。何がいい。何が聴きたい」

フォースはぱくぱくと口を動かした。唇に耳を近づける。通気孔の中を吹き渡ってくる風のような声が聞こえた。

あなたの一番好きな曲、と。

「小さ目の音で弾くよ」

ありがとう、という声は、消え入るように小さかった。

ピアノの蓋を開ける。俺が一番好きな曲。『舞踏への勧誘』は、今のフォースには賑やかすぎて耳が痛くなるだろう。アニメソングも論外だ。ショパンも駄目だと釘《くぎ》を刺されたことがあった。他に俺は何が弾けただろう。

思考の環状線に入り込んでいるうち、俺の指は勝手に、鍵盤に触れていた。

右手一本で、メロディラインをなぞっている。

自分の鼻歌をトレースしているらしい。

讃美歌だ。


『諸君とここで共に演奏できた事を誇りに思う』


主よ御許に近づかん。

タイトルが浮かんできた時、俺は握り拳で鍵盤を殴りつけていた。視界の端で、転寝していたクレマンスが飛び起きたのが見えた。

「あ。あ。あ……！」

「ちょっと先生、どうしたんだい」

頭が痛い。割れそうに痛い。頭が頭が頭が痛い誰かが俺の頭に釘を打っている誰かが俺の頭を割ろうとしてる痛い頭が頭が痛い眩暈がする吐きそうだ。

「先生、どうしたんだい！　階段に近づいちゃ危ないったら！」
奥さま、という叫び声があがったのはその時だった。マリーが咳を始めたのだ。縁起でもない曲を聞いた所為だろうか。縁起でもない曲？　今のは讃美歌のはずだ。こんな時に演奏するには、ちょっとばかり湿っぽすぎたかもしれないが、そんなにひどい曲だったろうか。あいつは近いうちに死ぬのか。死？　荒れくるう海鳴りが聞こえる。闇一枚隔てた場所にあるのは絶対の沈黙だ。

『誇りに思うよ』

足元が揺れる。船の上なのだから当たり前だ。でもとても腕がいい泥棒は、このくらいのよろめきはなんでもないんですよねー。でもあの人たちはそうじゃなかったでしょうに、ただ運命の巡り合わせで、あそこにいただけだっていうのに。何てこったって感じですよねー。人間って生き物はあんなに――頭が割れそうに痛い。
俺は寝室を出て掃除部屋の扉に体当たりし、アリスの鏡に飛び込んだ。頭痛をまるごと吸収してくれるような遡行の感覚。最初の三回、やけっぱちの五回を足して、多分これで九回目だ。ひょっとしたら会社に戻れるかもしれない。遡行者の著《いちじる》しい健康状態の悪化と任務遂行の困難さを考慮しジャバウォック社は甘んじて現状を受け入れ――

甘かった。

きれいに頭痛だけ鏡の中に置き去りにして、真新しいフロックコートに白いシャツの俺は、見慣れた掃除部屋の中に座り込んでいた。

よろよろと外へ出てみると、『俺』が倒れ込んでいる。あまりの気持ち悪さに壁に倒れ込んでいると、その横を『俺』がセーヌ川の方向に向かって駆け下っていった。尻餅をついたのは二度目の『俺』、走っていったのはまだ三度目かそこらだ。鏡の前で玉突き状態になってしまうのを避けようとしてくれているのか、転送される時間は少しずつズレているらしい。

会社には俺を戻す気なんかどこにもないのだ。

もう。

どうあがいたって。

四回目から八回目の俺が、やけっぱちになって鏡の出入りを繰り返すのを見届けてから、俺は久々にテキストを打ち込んだ。三年ぶりだ。いや、本部にとっては、誤差数秒の出来事でしかないのかもしれないが。

『〇〇一二から本部へ。エッグを入手すれば帰還することは可能か』

返事はいつものコピーアンドペーストだった。何度でもトライしてほしい。諦めないでほしい。

本部の人間が俺のことを気に掛けているという保証もない。ひょっとしたらこれは鏡の故障で、俺はとっくにロストしているのかもしれない。

だが諦めたら、ここは本当に出口のない地獄になってしまう。

少なくとも俺はまだフォースの死を見届けていない。

チャンスはある。あいつが死ぬまでにエッグの在り処を聞き出すことができれば、俺は帰れる。諦めるな。途中で諦めたりするな。道を切り開け。突破口を見つけ出すんだ。

諦めるなどという贅沢な選択肢は、俺には存在しないのだから。

第三幕 花から花へ

The Timelooper Wandering
In The Labyrinth Of Time
Act 3

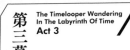

九回目の俺は、泥棒ではなく探偵として動いた。

最初に起こした行動は、買い物だった。古着屋に赴《おもむ》き、遠目から『俺』が見ても俺だとはわからない、フロックコートを何着かと、粋《いき》なステッキを仕入れる。変装は泥棒の基礎教養である。三週間かけてひげをはやし、立ち居振る舞いも一から作り直した。

この時代風に言うなら、俺は立派な『ライオン』——当世風ダンディだ。

次はダンタン通りに手近なアパルトマンを借りた。いつどこの部屋が貸しに出されるかは嫌と言うほど見て知っている。

準備万端整った俺は、椿姫《つばきひめ》の身辺を探った。部屋に出入りしている男たちの名前を記憶から掘り起こし、片っ端からアタックをかける。賭場《とば》や仮面舞踏会の会場で見つけ出し、さりげなく声をかけ、酒をおごり、相手の機嫌がよくなってきた頃合いに、それとなく探りを入れてみる。卵を知らないか、宝石の卵だよ、椿姫が誰かに貸したって言うんだけど。

返事は一律、ノン。

そんな物は知らない。見たこともない。でも噂《うわさ》なら聞いたかもしれないな、ところでお前金を貸してくれないか——大体ここまでがセットのパターンだ。あんな金食い虫のような女に貢《みつ》いでいる男たちであるのだから、さもありなん。初めのうちは小銭を貸していたが、よくよく考えればフォースがそんな男たちに嬉々《きき》とエッグを見せびらかすとも思えない。

金と時間の無駄だった。

資金が底をついてきたので、俺は新聞を買った。『モンテ・クリスト伯』第一部が連載され始めている。主人公エドモン・ダンテスはまだ自分を脅《おびや》かす陰謀《いんぼう》に気づいていないが、今回の目当ては小説ではない。

六月の第一日曜日。フランス・ダービーこと、ジョッケクルブ賞の日だ。今のところパリで一番大きな競馬である。かつてフランス競馬の代名詞であった凱旋門賞《がいせんもんしょう》が生まれてくるのは、もう少し時代が下ってからの話だ。

競馬をはじめとした賭けレースは資金調達の基本である。アリスの鏡の応援が頼りにならない以上、宝を手に入れるためには軍資金の調達が不可欠だ。これでも死ぬ気で暗記のトレーニングをしてきた人間だ。一位になった馬どころか、三年分の馬の着順も、意識しなくても頭にこびりついている。

何しろ社交界の話題ときたら、賭博《とばく》と恋愛と誰かの葬式くらいしかないのだから。

過剰な装飾の下で、誰も彼もがえんえんと、仮面舞踏会をしている。むせ返るような香水とシャンパンは、さながら浮世《うきよ》の忘れ薬だ。

目立たない程度、しかし十分に勝ち、資金を得てから、俺は作戦の第二段階に着手した。

パリには当時から、宝飾品店が軒《のき》を連ねる高級商店街が存在した。そのうち幾つかは、場所こそ変われど屋号は二一世紀まで変わっていない。餅《もち》は餅屋。俺は宝石卵の噂の聞き込みを行った。金持ちとしてそれとなく探りを入れる。珍しい品物はありませんか。高級娼婦《しょうふ》の好むような美しい宝飾品を求めているのです。金に糸目はつけません。たとえば宝石を散りばめた卵であるとか――

ここでもまた答えは、ノン。

そんなものは見たことも聞いたこともない――それはそうだろう。インペリアル・イースターエッグが作られるようになるのは、一九世紀末、しかもパリではなくロシアだ。

そもそも『椿姫』は滅多《めった》にオーダーに来ないという。彼女に貢ごうとする男たちならば話は別だというが。これもまた、お説ごもっともである。

冬になり、年が明けても、マリーの部屋からは『舞踏への勧誘』の練習が続く。あまりにも毎日単調なので、過去の自分に別の曲を弾いてくれと頼みに行きたくなったし、あやうく一台ピアノを買いそうになったが断念した。向かいの家からピアノの音が聞こえてきたら、フォースに警戒されてしまうだろう。

それにピアノの音を聞くと、こめかみがピリピリと痛む。思い出したくもないが、最後に鏡に突撃した時にも、俺はピアノを弾いていたような気がする。

巨大な悪魔の黒い腕でねじり潰されるような、耐えがたい頭痛。

俺は二年目のダービーで、またしても勝ち、ひと財産を築いた。

そして作戦行動その三に出た。

「やあ、ローズ」

「ルフさん……おひげ？　変なの。さっき会った時には」

「付けひげだよ。ところでフォースの具合はどうだい」

「悪くはありませんけど……」

「そうか。次のレッスンの予定を少し早めたくてさ。いつなら暇だろう。追加の月謝はいらない。明日か、明後日《あさって》は？　明々後日《しあさって》の予定はどうだろう」

「そんな急に、明日はコメディ・フランセーズへお出かけですし、明後日は侯爵《こうしゃく》さまのお招きでヴォードヴィル座です。明々後日はセヴィニエ通りのお友達と乗馬の日ですわ」

「何だそうか、変なこと聞いて悪かったね」

なるほどなるほど。日中、フォースは家を留守にするらしい。

家探しはしない。時間の無駄だ。あの家にはない。しかし俺一人でローラー作戦をするにはパリは広すぎる。

とはいえ少しばかり、保険をかけておくのも悪くはない。

フォースのいない日、俺はクレマンスが一人で庭へ降りてくるのを見計らい、こんにちはと挨拶《あいさつ》した。

「ああ？　あんた、ピアノの先生じゃないか。マリーならいないよ」

「クレマンスさん、今日はそんなことをお願いに来たんじゃないんですよ」

「あんた、ひげ生やしたのかい？　おかしいね、この前会った時には丁寧に剃《そ》ってあったのに、ニョキニョキとまあ」

俺は庭に跪《ひざまず》き、クレマンスの丸々とした手をとった。ぎゅっと握った。

「おお！　我が愛《いと》しの君！」

「な、な、な、何だいあんた。やめとくれよ」

「俺は気づいた！　俺が好きなのはマリーじゃない、あなたなんだ！」

「冗談じゃないよ、あんたの目はガラス玉でできてるのかい。絶世の美女の隣にいるババアによくもそんなおためごかしが言えたもんだね！」

「俺の純情を疑うんですか！　ショックだ！　俺は死んでしまいたい！　ああ本当に死んでしまう！　おお、俺は死ぬ、死ぬ！　燃えよ恋の炎！　我が身を焼き尽くせ！」

「やめとくれよ！　最近の若い男はっ！　死ぬ死ぬ言うのは役者だけで十分だよ！」

オロオロするクレマンスを見て、いい気味だと俺は笑った。百フランの借りを返してもらえるかどうかは、これからにかかっている。むっちりとした手を握り、俺はクレマンスに金の鎖を摑《つか》ませた。金にうるさい女の瞳が、驚いたタヌキのように、きょっと小さくなった。植物には水、車にはガソリン。金で動く相手なら、金を握らせるに限る。

「クレマンスさん、わかってくれますね、俺の気持ち」

「……………何だい妙な真似《まね》して。望みは何なんだい」

「時々俺と会ってもらえませんか。こうやってお喋《しやべ》りができればいい」

「あんたはマリーのピアノの先生じゃないかい。マリーもあんたにまんざらじゃないみたいだよ。ローズとはあんたの話ばっかりしてる」

「へえ、どんな話をしてるんです?」

「けっ。やっぱり目当てはマリーじゃないか」

「あなたの口から聞ける話だからですよ。どんなつまらない話だって構わない」

「……変な男だねえ」

「あなたへの愛のためなら俺は何だってやってのけますよ」

「ま、これはもらっとくよ。またおいで」

「光栄の至りです」

クレマンスは守銭奴《しゆせんど》だが馬鹿ではない。金のためなら二枚舌でも三枚舌でも使うだろう。スパイにはぴったりだ。

とはいえ。

半分予想通り、半分期待外れに、内偵の結果は思わしくなかった。マリーとローズの話は、他愛のないことばかりで、エッグのエの字も出てきやしない。こうなると本当に『貸した』のかどうかも怪しくなってくる。

質屋にでも売り払ったのだろうか。だがドブ街から王室御用達まで、パリ中の目利きたちに金はバラまいてある。エッグがマリーの手を離れたとしても、この街から出てさえいなければ、網に引っ掛からないはずはない。

やはり彼女が持っているのか？

だとしたらどこに。

エッグを預けた『信頼できる相手』とやらが実在するのなら、そいつは誰だ。

ローズか？　クロゼットとベッドしか持っていない小間使いが宝石卵をどこに隠す。彼女の部屋も徹底的に家探ししてある。

ならばローズの友人か？

探ってはみたものの、そもそもローズには、休日を一緒に過ごすような友人はいなかった。日がな一日フォースに付きっきりで背中をさすっている娘である。使用人部屋の文机に隠してあったのは宝石ではなく、人気のファッション紙の挿絵《さしえ》プレートだった。高嶺《たかね》の花のフォースを諦めた男たちに、言い寄られることも日常茶飯事《さはんじ》の可愛《かわい》い娘なのに、随分欲のないことだ。実はクレマンスが忠義に篤《あつ》い女騎士という展開も考えたが、現実はデュマの小説ほどドラマティックではないらしい。

金に興味のない人間？　そんなもの修道院の中にすら存在しない。麗《うるわ》しのゴシック建築の中で語られる告解を盗み聞きするために、競馬の金を幾らつぎ込んだかわかりゃしない。

プライバシーも何もあったものではない時代に、本当にフォースはよく秘密を守っている。やりすぎでこっちは死にそうだ。

フォースを一心に愛しているという侯爵や商人か？　だがあいつらはフォースの病が篤くなるや否《いな》や尻に帆を掛けて逃げ出した。あんな奴《やつ》らを信じているのだとしたら、俺のクラスメイトも耄碌《もうろく》したと言わざるを得ない。

あいつらではない――そう信じたい。

持ち逃げで行方知れずなど最悪の結末だ。

フォースは誰を信用する？　残されているのは誰だ。

俺がエッグを持って帰ることを妨《さまた》げているのはどこの誰だ。

無限とも思える回数、思考を重ねる。まだ潰していない可能性はどこにある。

だが答えは見えない。糸口すら見あたらない。

時間だけがいつもと同じ速度で過ぎていった。

「……一八四六年、か」

三度目の一月。『モンテ・クリスト伯』は大団円で完結する。前回の俺が鏡に突撃した頃だ。

三年間ですっかり馴染《なじ》んだダンタン通りの自室から、俺はマリーのアパルトマンを観察していた。今頃あの部屋では、ローズが涙ぐみ、クレマンスがあくびをし、女主人が血を吐いていて、俺がピアノの傍《そば》にいる。

少し期待していた。

あの時俺の頭の中で、確実に何かが起こったのだ。いてもたってもいられなくなるような何か。あの時にはわからなかった原因が、ひょっとして今なら。

もしかしたら、これこそがエッグ——帰還への近道なのだとしたら。

「…………………」

俺は耳をそばだて、懐中時計で時間を確認した。ピアノのレッスンは午後の二時から三時半、黒いフロックコートの『俺』が、既に家の中に入っていることは確認済みだ。

とうとう始まった。

雪道に大きな轍《わだち》を残して、馬車が通り過ぎていった。張りつめた空気の中、音楽が染みわたってゆく。

俺はこの曲を知っている。

タイトルは『主よ御許《みもと》に近づかん』。

案の定こめかみをえぐられるような痛みが襲ってきたので、俺は予《あらかじ》め用意しておいたワインをがぶ飲みした。もとから酒には強くないので、こんなに飲むと立ち上がることすら億劫《おっくう》になるが、念には念を入れてベッドの脚に紐《ひも》で足首を固定しておいた。今ここに家主のおかみさんがやってきたら、俺は間違いなく変態だと思われるだろう。

俺は歌詞を思い出そうとした。そうだ。これは讃美歌《さんびか》なんだから――

歌詞があるのだから――


『諸君とここで共に演奏できた事を誇りに思う』


来た。

これだ。

羽ペンをインク壺《つぼ》に浸し、膝《ひざ》の上に準備しておいた手帳を開いた。放置すると俺の頭はこの台詞《せりふ》を意図的に忘れようとする。吐きそうになったのでまた酒を飲む。もどしている場合じゃない。こんちくしょうとどこの誰に向けるものなのかもわからない罵倒《ばとう》を漏らして、フラッシュバックした言葉を書きつける。

諸君とここで共に演奏できた事を誇りに思う。

何のことやらさっぱりだ。こんな一節なら、たとえ他人の手に渡ったとしても大事には至らないだろう。

どうしてこんな言葉を思い出す？　聞いた覚えのない言葉を何故？

それとも本当はどこかで聞いたのか？

だとしたらいつ、どこで。

わけのわからない疑問をぶつけられそうな相手は、この時代には一人しかいない。

ピアノの音は唐突に止《や》んだ。今頃、二階の掃除部屋では俺が鏡に駆け込んでいる。

マリーは——フォースはどうなったのだろう。

あれで死んでしまったのだろうか？　まさか。俺は第三会議室で見せられた墓碑《ぼひ》を覚えている。まだ彼女の寿命は残っている。

この世の終わりのような気分の悪さが通り過ぎるのを待って、足紐をほどき、鏡の前でひげを剃り落とし、最初に着ていたのと同じ黒のフロックコートを着て、俺は雪の積もる通りに出ていった。何食わぬ顔でアパルトマンの階段を上がると、青い顔をしたクレマンスがいた。

「あ、あんた、大丈夫だったのかい、突然部屋に飛び込んだから、あたしゃてっきり中にいるもんだとばっかり」

「いやあ、気分がよくなるまで外の空気を吸ってたのさ。マリーは？」

「……危なかったけど、幾らか落ち着いたみたいだね」

やはりだ。彼女の命日は一八四七年、俺の記憶違いではない。

あの状態を生きていると言えるのだとすれば。

俺はローズが部屋から出ていくのを見計らって、静かになったマリーの寝室に踏み込んだ。長く使われていない化粧台と、ベッドの上のマリー、静かな冬の日差し。

ついさっきまで『俺』がいた場所に、俺はもう一度腰掛けた。

「フォース」

まどろんでいた黒髪の女は、俺の方を見てにっこりと笑った。

「………何度目のあなた？」

「さっきの奴《やつ》の、次の回かな」

「そう……素敵な曲だったわ。あなたの一番好きな曲が、あんなに静かな曲だったなんて、不思議ね……アニメの歌かと思っていた」

「あれを聴くと俺の頭は割れそうに痛むんだ。いつ好きになったのか、そもそもどこで弾けるようになったのかも覚えていないのに」

「……それでさっきのあなたは、鏡に……下が騒がしいと思ったわ」

「不思議だと思わないのか」

「よくあることよ。私たちには、よくあること」

『私たち』？

誰も傷つかずに済んだのに——という、ローズの語った言葉が、脳裏を過《よ》ぎった。咳《せき》の音で俺は我に返った。

「おいフォース、まだ死ぬなよ。まだ俺に何も喋ってないだろ。往生《おうじょう》するならせめてお前がこんなバカをしでかした理由くらいは白状しろよ」

「……ひどい男ね」

含み笑いするマリーは、やつれ果てていても幸せそうだった。俺はそんなに好かれるようなことをした覚えはない。

それともこいつは、死ぬことが嬉《うれ》しいとでも言うのだろうか。

「会社がエッグの在《あ》り処《か》を突きとめたのは……どの時代に紛《まぎ》れ込んでもわかるよう、アリスの鏡と同じように、マーカーが入っているから……恐らくダイヤモンドのどれか一つが偽造品になっていた……気づけなかったわ。この時代を突きとめられるとも思っていなかった」

　来た。ついにこの時が来た。

　告解《こっかい》の時だ。

　どんな詐欺師《さぎし》でも名女優でも、最後の最後まで嘘《うそ》をつき通せる奴など一握りしかいない。無理強いされなくても、いやむしろされない方が、ここだけの話をしたくなる確率は上がる。臨終《りんじゅう》の席で隠し子の話を切り出して、最期の最期に家族を動転させるじいさまが多いのと同じ理屈だ。

　俺と同じく、盗みを成功させるための心理学を習ってきたフォースでさえ、例外ではないようだ。

　一か八かの俺の望みは、九回目にしてやっと叶った。

「でも一番意外だったのは、あなたがやってきたこと……」

　骨と皮だけの手を握り、俺は精一杯優しく微笑《ほほえ》んでみせた。

「いいんだよ。俺のことはもう」

「……人間の記憶の限界は、百五十年だと言われている……どんなに科学が発達しても、それ以上は記憶できない……人間を壊してしまう……生物の限界ね」

「苦しそうだな。アーモンド水、飲むか」

「トリプルゼロ、ダブルゼロナンバー……私たちは会社で大量生産される。でも教育には時間がかかる上に、使い物になるのはほんの一部だけ……山のように盗みの依頼はやってくる……ではどうすればいいのか……簡単なことよ……成功したループ以外の記憶を消す」

「え？」

「仕事のあとに入れられる『回復室』は、人体実験室……ナノマシンと電磁波を利用した前頭葉への強力な催眠《さいみん》で、強制的に空きを作りだす……そうして、からっぽになった頭の持ち主を、別の人間として……別のナンバーとして、活用する……他人事として自分の仕事を記憶することで、私たちは、どうにか正気を保ち続ける」

　フォースは咳き込み、血の気のない唇に赤い飛沫《しぶき》が滲《にじ》んだ。それでも喋りつづける。俺は言葉が出てこなかった。

「……私たちは、歳《とし》をとることを、許されない……鏡の中の時間の流れは、鏡を出た時に、強制的に、リセットされてしまう……私たちは鏡に入った時と同じ姿で、現代に戻る。ループする時空の中では歳を重ねる方法がないから……だから私たちは、まだ十数年しか生きていないと錯覚する……本当は何度も、何度も、何度も同じ時間を繰り返して、普通の人間ならば、頭が、壊れてしまうほどの時間を生きているのに……私たちは、現在を生きることを許されない……過去も未来も存在しない、細切れの時間の中でしか、生きることを許されていないから……」

主よ、御許に、近づかん。

どうして今そんな言葉が口から出てきたのかわからない。

フォースは満足そうに、ふわりと笑った。淡い椿の香りがする。薔薇《ばら》でも水仙でもない、ほのかに香る。そういえば昔からこいつはこの花が好きだった。あまりきつい香りは、むせてしまうから好きではないのだと言って。

遠い昔のことを、どうして今になってクリアに思い出すのだろう。

「私が覚えている限りで、あなたの最後の職場は……タイタニックだったかしら……」

「待て。待て。タイタニックはサウザンド・ファーストの話だろ。俺じゃない。俺は行ってない。あいつはヴァイオリンの専攻で、会社のＣＭに出て」

「私たちに、名前らしい名前が、ないのは、どうしてだと思う……？　あの会社で実際に、時間遡行者《そこう》として、機能していた人間が、千人もいると、思う……？　いいえ、本当は……ごく少数の人間だけよ……それが、何千件もの仕事をこなしていた……私たちは、別の番号で呼ばれれば、自分を別の人間だと錯覚する……耐用年数をあげるために、有効な、催眠暗示……それだけ」

「……ありえねえ。でっちあげだ」

「アリスの鏡をくぐって、会社に戻ることができれば、失敗したループの記憶は消去される。失敗すれば永遠に繰り返すことになる。あるいは、途中で『仕事』を諦めて、その時代の中に、還《かえ》る……」

『還る』？

ロストするということか？

マリー＝フォースは小さく呟き込みながらも、必死で口を動かしていた。

「……どの時代で死んでもいいと思っていた。鏡の中で死んでも、いいと……でもあの時、私が飛び込んだ、実験中のアリスの鏡の行き先は、パリだった。未来に自分が生まれるところで、死ぬのって、不思議な感覚じゃない……？」

「俺、俺は、自分がどこで生まれたのか、覚えてない」

「私は覚えている……あなたが話してくれたから……あなたは川のほとりで育ったって。観光船の中で死体を片づけていたって……一番体が小さかったから。ピックアップトラックで、拾われた時、あなたが食べたスープには、薬物が含まれていた。催眠暗示のための、ドラッグよ。泥棒として会社のために働くには、忘れ薬が作用することが、絶対条件だから……そこからは私と同じね……」

スープに薬？

催眠暗示？　何の話だ。荒唐無稽《こうとうむけい》な作り話だ。

なのにどうして俺の頭はこんなに痛いんだ。誰かが目玉から脳みそまで錐《きり》を差しこんでいる。痛みによろめいた俺は、フォースのベッドに手をついた。

「……ありえない。どうして俺が忘れてることを、お前が覚えてるんだよ」

「あなたは……自分のことを、思い出したり、忘れたりしているのね。恐らく……忘却暗示をかけられた回数が、私より、あなたの方が、ずっと多いから……」

「だからそんなもんを受けた覚えはないってのに！」

「暗示の記憶を消さなければ、意味がないわ……ねえ、どうしてあなたは、私のことを、覚えていたの？」

「覚えてるに決まってるだろ！　同級生は三十人しかいなかったんだぞ！」

「三十人の、顔……」

「え？」

「名前はもとから、ないわ……声でもいい……思い出せる……？」

「そんなの！」

当たり前に――

あれ。

えっ？

――おい。おいおい。

名前はちゃんと覚えている。ファースト。セカンド。サード。ちゃんといた。だってあの教室には机が三十脚あったんだから。フォース、フィフス、シクスス。ちゃんといた。いたはずだ。

トゥウェルフス――俺は、真ん中の列、右よりの席。

五つの机が六列、タテに並べられた教室。

誰も思い出せない。

声も。

顔立ちも。

口癖も、成績も、

好きなテレビや食事も。

何年間も一緒に過ごしたはずなのに――何年間？　あれは何年間だったんだろう？　俺は今十七歳だから、十年間？　いやそもそも俺はどうして自分が十七歳だと思っているんだ？　だって学校を卒業できるのは十五歳だから――だとしたら何月に卒業した？　それから俺は何件仕事をした？

フォースがインペリアル・イースターエッグを盗み出してから、会社の業績はうなぎのぼりで、仕事も増えた。十数回はモナコに行き、五回か六回はロンドンに赴き、案件によってはトルコにも。

あれは全部、二年以内の出来事だったのか？

思い出せない。

俺の頭の中には日付の記憶がない。

あるのは学校で暗記させられた四桁《けた》の西暦の年号ばかりだ。

でも俺は十七歳だ。十七歳のはずだ。俺は脇目もふらず仕事をしてきたから混乱しているんだ。思い出せ、自分のキャリアを。十数回はモナコに行き、五回か六回はロンドンに赴き、案件によってはトルコにも――

十数回って、何回だ。

案件って、何だ。

誰もいない教室の中で、おかっぱ頭のフォースが笑っていた。もしそれと知らずに、過去の中で自分の先祖を殺してしまったらどうなるんだろうとぼやく俺に、会社の社訓を教えてくれた。面倒な修辞学があまり得意ではなかった俺は、つまりどういうことなんだよと食ってかかると、彼女は笑った。

『心配ないさの呪文』みたいなものよ、と。

ぼやけた像は次第にピントを結んで、ベッドの上で横たわる女の顔に変わった。

「何人かは、思い出せた？」

「…………いや……」

そう、と呟《つぶや》く声は、消え入るように静かで、鎮魂歌《ちんこんか》の終わりのように穏やかだった。

「わかったでしょう……私が、戻りたくない、理由……」

「……信じられるか。嘘だ。嘘だ。夢見の悪い病人が与太《よた》を飛ばすんじゃねえ！」

白いパジャマの胸元をひっぱると、フォースの体は浮き上がってしまった。恐ろしく軽い。二年前には、鏡から出てきてパニックになっている俺を投げ飛ばしたのに、あの時にはずっしりと重かったのに。

これは骸《むくろ》だ。まだ息をしている死体だ。

俺があんまりひどい顔をしていたのか、フォースは顔の筋肉を動かして、微笑んだ。真っ白な顔を無理やり引き攣《つ》らせたような顔は、作り笑いにしても悲愴《ひそう》すぎた。

「……いいのよ。私は、ここで死ねるなら、それで……最後の最後に、馬鹿みたいな大騒ぎもしたし……自分の家を、持てる生活は、楽しかったわ。それに、あのエッグがなければ、会社も存続できない……卸先《おろしさき》が、一番の上得意だったから……資金援助がなければ、モルモットがいても、継続的に遡行機を動かすことはできない……」

「お前はどうして、思い出したんだ。忘れていること、どうやって思い出したんだ」

「……偶然よ。冬のつぼみを手に入れたあと、催眠暗示の途中で、オペラ通りで爆弾テロがあった。私の施術は中断されて、担当官が変わった所為《せい》で、結局中途半端なまま終わってしまった。回復室を出た時にも、私は、自分の仕事の記憶を、保っていた……寮の見張りの目を盗んで、資料を探して、ループのからくりも、少しずつ理解した。わかったのは……私たちは、耐用年数が過ぎるまで永遠に仕事を繰り返す、会社のための消耗品……生き人形だということ……次の依頼が入る前に、逃げ出そうと思ったわ。でも……できなかった」

「どうして！」

「あそこにいたのは……私、ひとりじゃ、なかったもの」

何故もっと早くこうしなかったのだろう。

誰も傷つかないで済んだのに。

フォースの言葉を俺は思い出した。混乱の闇《やみ》の中に差す、一筋の光のようだった。だがあまりにも、細い。今にも消えてしまいそうだ。

「チャンスだと思ったのは……会社の、内覧会の日。上納される、直前の、冬のつぼみが、展示されていた……盗みは得意だもの。ロシアの工房から盗むより、ずっと、簡単……」

「会社の防犯装置は」

「警報は鳴ったわ。外へ通じる、扉も、窓も、全て閉ざされた……でも、あの場所には、もう一つ、出口がある」

ふっ、とフォースは笑った。椿姫の婀娜《あだ》な笑みではなく、トリプルゼロ・フォースと呼ばれていた頃の、生意気な女の子の顔だった。

「会社の新しい、鏡の、実験の日だった……開いたばかりの、どこに繋《つな》がっているのかもわからない、新しいアリスの鏡に、私は飛び込んだ……」

「どうして」

「…………あなたなら、どうした？　私たちの会社が、盗品を卸しているのは、世界中の、大金持ちよ。私たちは、金の卵を産む、数少ない、貴重なガチョウ。会社の準備してくれた、過去に関する膨大な知識と、枯れた川と市街戦の銃撃音以外知らない人間が、逃げ切れると、思う？」

「……知るか！　やってみなきゃわからん！」

「そうね。でも、できなかった。私だけ、逃げたって……もし捕まって、エッグが会社に戻って、何事もなかったように、されたら、同じことの繰り返し……私の、仲間……あなたも……使い物にならなくなるまで、永遠に……」

咳き込むとシーツに真っ赤な血が飛ぶ。俺は小さな体を抱き、支えた。フォースは口元を押さえていた手で、俺の手を掴んだ。

「……少し考えてみて。この時代は……空気はとても悪いけれど、お芝居だって楽しめるし、お友達もできるし、たまに田舎《いなか》へ行くと、とても素敵なのよ。もちろん、少し不便で、治らない病も、あるけれど……少なくとも、歳をとってゆくことは、できる。ふつうの人間として、生きることが、できる」

ぐわん、ぐわんと、視界が歪《ゆが》む。

——諸君、ここで共に演奏できた事を誇りに思う。

彼は確かにそう言ったのだ。

あの時既に、二等船室は完全に水没していた。阿鼻叫喚《あびきょうかん》の甲板の上で、ヴァイオリンの音色が聞こえ始めた時、俺はとうとう船の軋《きし》る音の聞き過ぎで幻聴が始まったと思った。

こんな時に音楽をやる奴がどこにいる。

だが確かに、音は聞こえた。

弦楽四重奏だ。

沈没時の渦潮に呑《の》まれたという、美しい陶磁器《とうじき》のセット二十四枚一組を抱えたまま、俺は見物気分で甲板に出た。

月明かりの下で、燕尾服《えんびふく》の男たちが讃美歌を奏でていた。

船が砕け散るまでのカウントダウンのような金属音も、逆巻く水流もものともせず。

これから水に呑まれるというのに、乗客たちは声を揃えて讃美歌を歌い始めた。

目を擦《こす》って二度見してから、奇矯《ききょう》な奴らもいるものだと思い、俺はそのまま鏡に戻った。

その次にやってきた時も彼らは同じタイミングで同じ曲を奏で始めた。うんざりだった。

どうせならもっとやる気の出る、火事場泥棒向きの曲を聴きたかった。

海底でふやけてしまったという印象派絵画の傑作の数々を抱えて、俺はまた鏡に戻った。

どうせみんな死ぬのだ。

あれは何を盗む指示の時だったろう。俺は結局、楽団の演奏を最後まで聞いてしまったのだ。ありえないことだった。

ひょっとしなくても船にいたら死ぬ。

自分が何を考えているのかわからなかった。

そんな時、一番最初に演奏を始めたヴァイオリンの男が、すっと立ち上がった。

そして残りの三人に向かって宣言したのだ。

まるで神さまのように厳《おごそ》かに。

「諸君……ここで、共に、演奏できた事を……誇りに…………思う……」

確かにそう言ったのだ。

咳き込んでいたフォースは、喉《のど》の奥から一度大きな血の塊《かたまり》を吐いて、大きく深呼吸してから、また話し始めた。話しやすいように抱き起こすと、くたびれた微笑で俺を見た。

「あなたが、あの船の担当を経験していて……よかったわ……あの職場だけは、現場での仕事が完全に終わるまで、意図的にループの記憶を……消さない……っ」

フォースは俺の胸に血を吐いた。喉の奥からひゅうひゅうと隙間《すきま》風のような音がする。注射一本で治る病気で、えんえんと苦しんで死ぬなんて馬鹿げている。

ずっとそうだと、信じきっていたけれど。

「またピアノで、何か……弾いてくれる……？　静かに死にたいの」

「……お前の座標は会社に握られてるんだぞ。俺がここでロストしたら、エッグが見つかるまで他のナンバーズがまたお迎えに来るに決まってる。会社の人材が品切れになるまで一人で説得工作を続けるつもりかよ。考え直せ、こんなのは無意味だ」

不思議だ。俺の頭は混乱を極めているのに、口はぺらぺら動く。思考と行動が一致しない。誰かが俺に指令を出して、フォースの説得を続けさせているようだ。

唇から血を拭うと、フォースは少し、呆《あき》れたようだった。幼い子どもの悪戯《いたずら》を見守る、母親のような顔だった。

「……かたくなね。推測だけど……あなたは最後に回復室に入った時に、強い暗示をかけられている可能性が高い……エッグを見つけること……持ち帰ること……その邪魔になるようなものは排除すること……好きな歌や、私との、思い出も……」

「ワインをがぶ飲みして、椅子に足をくくったら、何とか凌《しの》げたぜ。大した暗示じゃない」

「……暗示をかけられてから、もう、六年近く、経っているからではない……？」

マリーは苦しい息の下で、くすくす笑った。六年。そういえばそうだ。最初の三年は、試行錯誤《しこうさくご》とピアノの教師に、今回の三年は探偵ごっこに費《つい》やして——

ぞっとする。あの鏡をくぐればまた。

「……会社にとっては、ループは効率的だけど、暗示が薄れるという副作用もある。私たちには、頭がはっきりしてくるから、いいことかもしれないけれど、あまり何度も繰り返すと、全て思い出しておかしくなってしまうわ……今のあなたのように、忘れさせていたことまで、思い出しやすくなってしまう。私たちは、本来ならば、生物としてありえない生き方をしているのよ」

鏡をくぐれば、俺の体は『ふりだし』に戻る。

歳をとっていない、十七歳と少しの俺の体に。全ての記憶を連れて。

だがその記憶すら、会社に戻れば消されてしまうという。

俺の心と体は永遠にちぐはぐのままだ。

俺の揺れる瞳を、マリーは真正面から見据えていた。漣《さざなみ》ひとつない静寂の池を思わせる瞳。白濁《はくだく》し始めた、抜け殻《がら》になる一歩前の瞳。

「……お前の最善策は、変わってないってことか」

「一度くらいあなたと、カフェ・ド・パリか、トルトニで、素敵な食事をご一緒したかったわ……きっと行っておくなら今ね……」

「行こう！　お前、死ぬまであと一年あるんだぞ。トルトニってイタリア通りの飯屋だろ、目と鼻の先だ」

な、な、と俺が体を揺り動かすと、マリーは再び咳き込んだ。はっとして、俺は壊れ物のような体を、静かにベッドに横たえ、毛布を直してやった。見計らったようにノックの音がした。ローズだ。

「奥さま、長話はお体に障ります」

「そうね……そろそろ休ませてもらおうかしら。トルトニにはまた誘ってね。今のあなた、何だか羽振《はぶ》りがよさそうじゃない」

「……わかったよ。またな」

その翌日、フォースは死んだ。

史実より一年早い。でもそんなことはよくあることだ。墓碑が一年違ったのかもしれない。たった百年前のことでも、歴史的文献で、年号が一年間違っていることなんてざらだ。

でもあと一年あるはずじゃなかったのか。

夜のうちにお亡くなりになってしまいましたと、ローズは泣いていた。

俺はフォースの死体を見た。目が窪《くぼ》んで、胸の上には銀貨が乗せられていた。組み合わせた指に、誰かが白い椿の小さな花束を握らせていた。オペラ座でボンボンの包みを握りながら、新しい芝居を楽しんでいた時そっくりに。

「眠るようでした。苦しんでいらっしゃる様子もなく、穏やかでした」

「ああ……そうか……」

「重い荷物を下ろしたようでした」

「そう……か……」

「……あの、これから競売が始まりますので」

競売？　何の？

ああそうか、こいつは借金をしながら豪華な生活をしていたのか。貢いでくる男たちがいなくなっても、家賃はかかるし食費だってかさむ。だからあちこちにある食器に、全て値札が掛けられていて、ピアノは調律が行き届いているかチェックされて、あいつのお気に入りの白いドレスが全部、干物みたいに部屋に吊《つ》るされているのか。

血まみれになったＭ・Ｄのハンカチに、値札はなかった。拾い上げてポケットにしまっても、誰も俺を白い目では見なかった。ゴミでも拾ったと思われたのか。

クレマンスはきびきびと動いている。競売会社の係員に、手間賃は幾らとられるのか、現金で手に入るのかと、ひっきりなしに金のことを尋ねている。どうしてこんなに当たり前なんだ。どうしてこいつらは、フォースが死んだことを、こんなに簡単に受け止めてしまえるんだ。

俺のたった一人の同僚が、仲間が。

元の世界と俺を繋いでくれる最後の縁《よすが》が。

俺や、俺たちの友達を、身を挺《てい》して守ろうとしてくれたフォースが。

もうこの世界のどこにもいないのに。

どうして。

俺は独り、パリの街を逍遥《しょうよう》した。足は自然と街外れを目指した。まだ公共施設なのか石切り場なのかも判然としないモンマルトルの小さな墓地には、無数の死が積み上げられていた。ここは貧しい人々のための墓だ。死体を落とす穴が空いている。

死者は二度と死なない。

生き返らない。

人はいずれ死ぬ。

抗《あらが》いようのない事実だ。

だが時間遡行者には、ほんの少しだけ言葉の趣《おもむき》が異なる。

フォースの最善策は理解した。その理由も。きっとあいつは、俺がその通りに行動すると思ったから、安らかに死ねたのだろう。

でも最後に俺に秘密を喋ったことを、意志の固いあいつは、後悔しているかもしれない。

俺はアリスの鏡に飛び込んだ。

十回目の一八四三年の五月二二日。俺はマリー＝フォースの足に縋《すが》って号泣した。何ですかこの酔っ払いはと言うクレマンスの呆れた声も懐かしかったが、何より自分の足で立って歩いているフォースを見られることが嬉しかった。言葉にならなかった。頬《ほお》には血の色が残っている。唇も蠟《ろう》のように白くない。アーモンド水以外の物も口に運び、食べる。

夜も更けた頃、奇天烈《きてれつ》な酔っ払い扱いされた俺を、フォースはしゃんとしなさいと言って立たせた。今夜彼女と過ごす予約だった旦那《だんな》は呆れて帰ってしまったそうだ。フォースは金を返さなければならないだろう。

「何が起こったの。説明して」

「何でもない。何でもないよ」

「今のあなたは何回目？」

「……三回目かな」

「本当にご苦労さまねえ」

「なあ、トルトニに行こうぜ。おごるから」

「食べ物で釣る気？　私と食事をしたいなら、相応の手続きを踏んで」

「……わかった」

　俺とマリー＝フォースはその後十五回、イタリア通りで一番のレストラン、トルトニで食事をした。カフェ・ド・パリで二十六回軽食を食べ、カフェ・アングレの二階の座敷へ逢引《あいびき》に去ってゆくマリーを数えきれないほど見送った。その都度俺たちは昔話に興じた。会社の付属学校での授業の話、互いの仕事の話。思い出は芋づる式に出てくるようで、俺たちは際限なく語り合った。これまでの人生の中で、一人の人間とこんなに言葉を交わしたことはないだろう。それでもまだ話は尽きなかった。彼女の声はいつも溌剌《はつらつ》として、黒い瞳は既にそう遠くない死を受け入れていた。

俺も一つ、覚悟を決めていた。

この世界で椿姫としての生を全うするのが、フォースの――マリーの最善策なら、俺は彼女を支える黒子《くろこ》になろう。あと二年で死ぬことがマリーの幸福だというのなら、その二年間を幸福でいっぱいにしてやろう。俺に医学の心得はない。彼女を永らえさせる事はできないだろう。だが死ぬまでの間に必要なことは何でもできる。何だってする。何もかもしたい。

少しでも長く、彼女の姿を傍で見守ることができるのなら。

それが俺の最善策だ。

俺は三十六回マリーの葬儀《そうぎ》に参列し、うち八回は埋葬にも立ち会った。病んだマリーを俺は毎日見舞いに行った。ローズは涙ぐんでいたが、クレマンスは呆れに呆れていた。マリーは病で死にかけているのに、どうしてこんなにたくさんの贈り物をもらえるのか、しかもどうして誰も姿を見せず、椿の花や金ばかり置いてゆくのか。まるで理解できない、こんな幸運があるのなら少しくらい自分にも分けてくれたっていいものを、神さまもとんだ意地悪をすると、際限なくぶちぶち零《こぼ》す。

理解してほしいとは言わないが、少しの不思議くらいは勘弁してほしい。ループのたびに増える『俺』全員がマリーのことだけを考えて動いているのだから、顔を隠していない限り、俺はダンタン通りに出没する五つ子や六つ子になってしまう。悪目立ちしてゴシップ紙に特集されるのは御免だ。

木箱に入ったマリーの体が、家から運び出されるたび、俺はアリスの鏡をくぐった。鏡は何度でも俺を受け入れ、一八四三年の五月二二日に送り出してくれた。

俺は幾つものアパルトマンを、屋敷を、金持ちの知己《ちき》を、仕立て屋の友人を持ち、マリーの望むものを用立てる生活を始めた。ハッカの軟膏《なんこう》が咳の発作を和《やわ》らげると聞けば、パリ中を駆け回ってありったけかき集め、劣悪な衛生事情の中では何枚あっても足りない下着が不足すれば、賭博《とばく》禁止令などどこ吹く風のサロンに出入りして、小金を稼いで絹の服を買い漁った。紙幣《しへい》でくるんだオレンジを差し入れた時には、縁起のよさそうなイニシャルを使った。破産したと書き立てる新聞を、俺は懐かしい思い出のアルバムをめくるように眺めた。

面倒な稼ぎ方はやめて、可能な限りの借金をしてアリスの鏡に逃げるという手も考えるには考えたが、やめた。今後――どれだけ長いのかもわからない――どうしようもない事情で、急に金貸しの力が必要にならないとも限らない。一度でも踏み倒した客に二度貸すお人好しはいないだろう。このパリにはゆうに三十人以上の『俺』が同時に存在し、これからも増え続けるのだ。いつか必要になるかもしれない路《みち》を塞ぐのは得策ではない。

おかしなことに、俺は久々に生気を取り戻していた。

出口のない迷宮の中でも、人間として生きることはできると。

それを身をもって教えてくれた相手と生きられるのは幸福だ。

たとえそれが限られた期間だけであったとしても、知ったことか。

この先の人生の全てが決まったような気がして、心のどこかで安堵《あんど》していた。

三十回目から四十回目の間のどこかで、俺はマリーをノルマンディーの旅行に誘った。

お前の『故郷《ふるさと》』だろうと苦笑いすると、マリーはそうねと微笑み返してくれた。

白い林檎《りんご》の花が咲き乱れる北部の田舎町は、清浄な空気に満ちていた。一面の林檎畑はこの世のものとは思われないほど美しく、風が吹くたび青空に白い花吹雪を散らした。体中に花びらをくっつけたマリーは、子どものようにはしゃぎ、天国もこんな風ならいいのにと笑った。

イタリア製の麦わら帽子をかぶった彼女は、金色の砂浜を裸足《はだし》で駆け回り、俺とローズをひやひやさせた。ワインではなく林檎酒を飲み、牧童《ぼくどう》と戯《たわむ》れ、後々の世で怪奇小説家が怪盗のアジトにしてしまう奇岩を仰《あお》ぎ見た。北海から打ち寄せる波は、初夏でも決して温かくはなかったが、一九世紀の羊飼いたちは、肺病には潮風がよく効くと、色白の病人を労わってくれた。

そのうち俺たちの滞在している村まで、パリでのフォースの噂話が伝わってくると、俺たちは泡沫《うたかた》のロマンスを楽しむ、無鉄砲な若い貴族の御曹司《おんぞうし》と恋に生きる罪の女という、定番の認識でくくられるようになった。都会の刹那《せつな》的な恋愛劇は、遠巻きに憧れるのには、ぴったりの題材であるらしい。

まるで本当に恋をしているみたいだな——と。

一度だけ、フォースに話しかけたことがある。

革命前は貴族の別邸であったという、人形の家のような滞在先で。

エッグのことなど既にどうでもいいのだと悟られないように、何でもないことのように。

手を引いて浜を歩いたこともあった。はしゃぎすぎて歩けなくなった彼女をおぶったこともあった。ローズは気を利かせて、たびたび俺たちを二人きりにしてくれた。フォースに忠節を尽くす彼女が俺を嫌っていないということは、フォースも俺を憎からず思ってくれているのだろう。そう思っていた。

だが。

「申し訳ないけれど、あなたと仕事はしないと決めているの」

フォースはどこまでも冗談のように、しかし何度でも、俺の愛情を拒んだ。

キス一回も駄目か？　と冗談めかして尋ねてみたが、椿姫は答えなかった。

彼女なりの誠意だったのかもしれない。

いい友達だと思ってくれているのだろう。

それが彼女の一番の幸せなら、俺はその役割を務め続けるまでだ。

世界は美しい。

フォースが生きている限り。

慣れてしまえば地獄は地獄でなくなる。ここは優雅な檻《おり》だ。

安らぎすら感じるようになったと言ったら、フォースは笑うだろうか。

田舎暮らしの最中、このままノルマンディーで暮らすのはどうだろう、と俺は一度なら
ず提案した。だがフォースはまるで聞き入れる様子がなかった。

二週間後、俺たちはパリに戻った。

俺は再び、ピアノの教師としてフォースの家に出入りする『俺』を見守りながら、彼女
の生活を支える黒子の生活へと戻った。

上下水道の整備すら遠く、共同墓地からは腐臭《ふしゅう》が漂い、煤煙《ばいえん》が人々の肺を蝕《むしば》むパリを、
それでもフォースは愛していた。自分が生まれた街だからだろうか。それとも誰も彼もが
必死で働きながら、そのくせ今よりまともな所に行ける保証などどこにもない、絶望と隣

り合わせの日常に、親近感を感じていたのだろうか。

気持ちはわからなくもない。

中でも彼女が最も愛したのは、パリの劇場で催《もよお》される仮面舞踏会だろう。

カーニバルの季節、パリ市民が熱狂する仮装舞踏会で、彼女は仮装をした人々の群れに交じって、紫煙《しえん》の下で楽しそうに体を踊らせた。

翌日の新聞によれば七千人はいたという群衆は、天使や悪魔、猫や海賊など、華麗な仮装を誇り、思い思いの仮面をつけて遊びほうけていた。見上げれば巨大なシャンデリアが二列、ガラスの海月《くらげ》のように並んでいる。椅子を取り払った劇場で所狭しと激しく踊り、飲み、食べ、笑う。自分の興奮以外には興味を示さない。享楽《きょうらく》的忘我の塊だった。

白いレースと赤いリボンで天使に仮装したフォースは、得意のステップで次々と男たちの腕の中を渡り歩いた。あの肉体があと一年足らずで命を失ってしまうと、誰が信じるだろう。

七十人編成の大きな管弦楽団は、フォースの好きな『舞踏への勧誘』を奏でた。

船の上のような板張りの床の上で繰り広げられる乱痴《らんち》気騒ぎが、俺も好きだった。仮面のおかげだ。

くるりとターンしたはずみに、羽根飾りのついた帽子が、フォースの頭から落ちそうになる。体を捻《ひね》ったフォースの後ろにいた口ひげの男が、そっと黒い髪に帽子を戻してやった。ありがとう、と微笑むフォースに微笑み返すのは老人の仮装をした十五回目の俺だ。彼女と踊っているのはスペイン風の装束に鳥の仮面をかぶった二十回目の俺。次に彼女が手をとるのは、大時代的なパンプスと白いかつらで長身を装った三十八回目の俺だ。広い会場を見渡せば、テーブルで彼女の好物の焼き栗を買っている俺。シャンパンのグラスを用立てる俺。フォースを踊りに誘おうとする邪魔者を呼び止める俺。コメディだ。完全なお笑い種だ。観客も俺。お膳《ぜん》立《だ》ても俺。おかしくておかしくて、もう涙も出てこない。

一番多いのは、劇場の壁に背をつけて、幸せそうに踊るフォースを眺めている俺だ。かつては激しい頭痛を誘発したドッペルゲンガーたちとの共演も、今となっては大した痛みを感じない。鏡をくぐるたび、催眠暗示が薄れてゆくというフォースの指摘は恐らく正しいのだろう。

代わりに忘れていたはずの思い出の扉が一つ、また一つと開いてゆく。

三十人の教室を思い返してみる。

少しずつだが、顔が思い浮かべられるようになってきた。

気さくな兄貴分だったファースト。最初にロスト。

ムードメーカーだったセカンド。授業についていけないからと、学校を辞めてスラムに戻ろうとして、車の事故に遭って死んだ。

美男子だから『王子』とあだ名されていたサード、歴史の授業の点が悪すぎると怒られたあと、何かの病気になって死んだ。

俺と名前が似ていたから、何かと張り合ってきたフィフス。

『クイーンビーZのテーマ』の歌詞の二番を知りたがっていたシクスス。

ラッキーセブンだから将来は大金持ちになれるというのが口癖だったセブンスは、社員寮から小金になりそうなものをちょろまかして闇に流していたという噂と共に、煙のように消えた。

教育という名の過酷なふるい落としを、旺盛《おうせい》な好奇心でくぐりぬけて、俺たちは泥棒として生まれ変わった。戸籍《こせき》も出生証明書もない子どもたちの三十人学級のうち、半分くらいは使い物になると判断され、残ったのだ。残りの半分が不可解に姿を消しても不思議には思わなかったところからして、催眠暗示の有効性も同時にテストされていたのだろう。体力測定のあとには決まって奇妙な色をしたスポーツドリンクを全部飲まされた。仕事を終えて回復室を出たあとの口の中と同じ味だ。ぽわんとした、不思議に満たされた気分になる飲み物。中身は十中八九、ドラッグだろう。

無事、一緒に卒業の日を迎えて、寮から橋を渡って会社に出社した日。

バスの中にはフォースもいた。俺の隣には一番の友達がいた。

サーティーンス。出席番号十三番。

隣の席の少年。

寮の相部屋の仲間。

喋り方に特徴があった。

すきっ歯《ぱ》で。間延びした喋り方で。

会社には感謝してもしきれない、が口癖で。

俺がずっと、サウザンド・ファーストとして認識していた男だ。

あいつは熱心に仕事をしたのだろう。その中にはくだらないコマーシャルの撮影も入っていたに違いない。俺はあいつのことが好きだった。わざとらしいくらい人好きのする笑顔がどこか痛々しくて、いつも必死で、嫌いになれなかった。

あのCMは恐らく、俺たちが通勤する寮から会社へ向かうバスの中でしか流れていなかったのだろう。用途など知れている。俺はあいつの顔を忘れなかったからこそ、自分の過去の仕事を、あいつの仕事だとばかり思い込んでいた。

自分の行った仕事を、他人の仕事として脳に記録する。

頭が単純であることも時々は生き残るのに役立つ。だが俺ほど暗示の効きがよくなかった生徒たちにも、投資した分の仕事はこなしてもらわなければ商売あがったりだ。そのために必要なひと手間が、あの珍奇なコマーシャルだったのだろう。

俺ではない俺が、あちこちにいる。

自分のことではないと、無理やり思い込まされていた『俺』が。

アリスの鏡に入る前から、俺は奇妙なドッペルゲンガーたちと一緒に暮らしていたのだ。

本物のサーティーンスがどうなったのか、どうしても思い出せない。

最後の仕事はトプカプ宮殿だったような気がする。一六世紀のトルコ、贅《ぜい》を尽くした宝物殿を持つ王宮だ。戦争で消滅した、かつてのアジアとヨーロッパの境界線の話を、サーティーンスは嬉々として語ってくれた。入り江の名前は金の角の湾って言うんだって、何てきれいな名前なんだろう、これからの俺の人生にはきっと美しいことと楽しいことしかないんだ――と。

それっきりあいつの記憶はない。

俺はあいつを忘れた。

フォースは俺たちのことを、会社の消耗品だと言った。

使い潰されるまで働く、生き人形だと。

感謝してもしきれない――サーティーンスは本当に、そう思い続けていたのだろうか。

ロストするまでずっと。

何の意味もないと知りつつ、そうであってほしいと祈る反面、腹の底からどす黒い怒りが込み上げてくる。

いつからだ。俺がずっと一人部屋で暮らしていたと思ったのは。

いつからだ。サーティーンスのことを忘れて、サウザンド・ファーストという後輩だと思ったのは。

いつからだ。ロストした友人たちを、見知らぬ後輩だと思うようになったのは。自分の仕事を、当たり前のように他人の仕事として記憶していたのは。

俺は自分の主であることを、いつからやめていたのか。

一体いつから。

それとも俺は、今まで一度も、自分自身の主であった事なんてなかったのか。

だが少なくとも今は違う。絶対に違う——そんなことはないと信じたい。

俺は何度でもフォースの我儘《わがまま》につき合った。どれほど貢いでも、決まって最後には困《こん》窮《きゅう》生活を送る事になるフォースに、パリ中の、場合によってはスペインやイタリアの株でかき集めた金を送り、高額の紙幣で包んだチョコレートを贈った。四頭立ての馬車の整備をする馬丁《ばてい》として働き、五度目や六度目の、飽かずに探偵をしている俺とすれ違う時には、そっと顔を伏せ、目を合わせないようにした。

俺はいつまでもこの世界にいたい。

フォースが生きている姿を瞼《まぶた》に焼き付けたい。

彼女がこの世からいなくなるたび、俺はアリスの鏡に向かう。

不思議だ。実体のない陽炎《かげろう》の鏡に、俺によく似た幽鬼《ゆうき》が映っている。

こんなことを続けて何になると、幽鬼は疲れ果てた眼差《まなざ》しで、俺に問い続ける。

そのたび俺は聞こえないふりをする。

知ったことか。

だが必死に無視しようとしても、暗雲は少しずつ忍び寄ってきた。はじめのうちは気にならなかったタイムラグが、顕著《けんちょ》に表れるようになった。五月二二日の夜であった着地点が、徐々に時を下ってゆく。会社の温情——とは思えないので、単に『俺』たちが玉つきを起こさないための工夫か何かだろうが、とうとう二三日の朝になってしまったのだ。

俺は恐怖した。

無限に続く宝物のような三年間——正確には二年と八カ月——九百日と少し——二万三千二百八十時間も、永遠ではない。少しずつ短くなってゆく。

そして俺自身の意識も、徐々に明瞭《めいりょう》さを失ってゆく。

ドッペルゲンガーの背中を見つけても、激しい頭痛に襲われることは全くなくなった。だがもう頭が働かない。目の前の世界では、何度も見た光景が繰り返し起こっているだけなのだ。新しいことを起こそうとしても、もう昔の俺が試みたことばかりで。もう、何も。

今の俺にはできることが残されていない。

果てしなく拡散し、擦《す》り切れる寸前の俺の存在は、限りなく無意味だ。

もう何度か繰り返したら、きっとそこが俺の限界だ。

四十七回目の葬儀のあと、俺は数日、独りでパリで過ごした。眺めるもののなくなった窓辺から、手持ち無沙汰《ぶさた》に真昼のダンタン通りを見下ろす。マリー＝フォースの持ち物は、どの葬儀の時にも漏れなく競売にかけられた。

ほんの少し期待していたが、もちろんエッグの出品など、ない。それは二度目の葬儀のあとにも確かめた。

名の知れた高級娼婦の遺品を、人々は少しずつはぎとるように買ってゆく。死ぬ前から目星をつけておいた品物を、嬉々として競《せ》り落としてゆく貴婦人の、何と多いことか。

二百年も経ったら何も残っていないというのに、どうしてそっとしておいてやれないのだろう。

アパルトマンの家賃をまとめて払うと、俺はゆっくり階段を下りた。石畳《いしだたみ》の上を馬車が疾走してゆく。この時代に速度制限などというものはない。

轢《ひ》かれたら飛び出した方が悪いのだ。

「……さん。ルフさん。あの、ルフさんですよね？」

顔を上げると、黒い髪の毛の、丸まっちい女の子が立っていた。喪服《もふく》に身を包んでいる。

ローズ――本物のマリーだ。

「ああ……そうだけど……」

「大丈夫ですか」

「大丈夫じゃなさそうに見えるかな」

「……今にも、馬車の前に飛び込みそうな顔に見えて」

本物には本物としての才覚があるのか、あるいは俺がくたびれすぎているだけか。ここでローズに話しかけられるのは初めてのことだ。もっとも今までは、フォース以外の誰かのことなど気に掛ける間もなく、アリスの鏡に飛び込んでいたわけだが。

無気力に愛想笑いしてみせると、黒い服の少女は悲しそうな顔をした。

「わかります。私も、何だか、うまく立っていられないんです」

「クレマンスはどうしてる」

「よその働き口を見つけたそうで、あの人はきっと大丈夫で……」

ローズは嗚咽《おえつ》を漏らした。俺は一九世紀の作法に則《のっと》り、ハンカチを差し出した。M・Dのイニシャルが入っていた。

はっとしたローズは、涙を拭うと、くたびれた顔で笑った。目の下には隈《くま》が浮き出している。鏡の中で見る俺の顔とよく似ていた。

「あの」

「ん？」

「ルフさんは、奥さまのお名前を……覚えていらっしゃいますか？」

名前？

そういえば以前にも、この子に似たようなことを聞かれたっけ。名前を教えてくださいと。どうでもいいことだったので、真面目に取り合ってはいなかったが。

「フ、フォ、フォースっていうんだ。意味なんかあってないようなもんさ。出席番号だからな」

「それは知っています。違うお名前です」

違う名前？

ローズはどこかしら必死さが漂う眼差しで俺を見ていた。ただの自己紹介のやり直し、あるいは自殺防止——ではないらしい。

「詳しく教えてくれ。名前って何のことだ」

「奥さまのお名前です。ご存知のはずだって、奥さまは仰《おつしや》っていました。ルフさんにも、本当のお名前があるんでしょう」

「ダブルゼロ・トゥウェルフスってことか」

「ダブル……？　ごめんなさい、私イギリスの言葉はあまりわからないんです」

本当の名前？　俺の？


誇りに思うよ。


何度目かのフラッシュバック。いっそ懐かしいほどだ。

わかっている。これはタイタニック号の沈没の記憶だ。諸君と演奏できた事を——


君たちに出会えた事を。


空白の記憶の中に、見知らぬ風景が割り込んできた。

爆撃でほとんど天井がなくなったルーヴル宮と、その中に間借りするように建てられた社員寮。もう誰も使わない廃墟《はいきよ》を歩き回るのは楽しかった。金になりそうなものを探さなくていいし、友達がいるし——

サウザンド・ファースト？　いや、サーティーンスか？　そもそもこの出席番号を与えられる前、俺は何と呼ばれていた？　俺の名前は？　そんなものはなかった。名付けられる前に捨てられたか、名付けられない方がましな人生を送ってきた奴ばかりだったからで——本当に？

「ルフさん？」

ローズの声と共に、俺の頭の奥で白い火花が炸裂《さくれつ》した。


これからはあんまり遊べなくなると思うから。


奴はそう言った。

専攻していたヴァイオリンがちっとも上達しないので、空き時間には人気のない場所で練習に励んでいた。俺とフォースは、巧《たく》みではないがいつも一生懸命《いっしょうけんめい》なあいつのヴァイオリンが好きで、誘われもしないのに勝手に練習についていったものだ。

歴史や言語に纏《まつ》わる基礎教養を飲みこむ頃、俺たちは奇妙な世界に放り込まれていた。昨日のことやおとといのことがあまり思い出せないのだ。しかもクラスの全員が似たような経験をしていて、教官たちに相談しても、決まって「ほっとする」錠剤《じょうざい》をくれるだけで、何の解決にもならない。俺たちは酔っ払いの集団のような学園生活を送っていた。

サーティーンスの、たまに調子の外れるヴァイオリンは、淀《よど》んだ空気を払う一抹《いちまつ》の清涼剤のようだった。

間違えると気まずそうにはにかむが、最後まできちんと弾く。

一曲弾ききったあとも、あいつはおずおずと言った。


これからはあんまり遊べなくなると思うから。

プロの泥棒になるために、いろいろなことを忘れてゆくから。


何を言っているのかよくわからなかったが、妙に素直な気分になっていた俺は、そうかもしれないなと頷《うなず》いた。フォースは黙って膝の上で指を組んでいた。首をかしげると、かっちりと切り揃えた髪が絹のカーテンのように揺れる。俺の世界一好きな眺めだった。

だから覚えていてほしいんだ。
僕の名前はね——

「フェリ……クス………フェリックスだ」

「あなたの名前が?」

「違う。これはサーティーンスの名前だ。俺、俺は」

F・E・L・I・Xという綴《つづ》りで。

幸運って意味らしいんだ。

だからきっといいことがたくさんある。

新しい名前は十三番だけど、よければ覚えていてと。

あいつは笑った。社員寮の中には防犯設備という名目で、無数の監視カメラがあったはずだ。この記憶にもきっと入念な洗浄が施されている。だがそれはもう何十年も前の話だ。

思い出せ。

朦朧《もうろう》とした霧の向こうに眠る記憶の原石に手を伸ばせ。

俺とフォースはあのあとどうした? そうだ、名前だ。俺たちも名乗った。仲間だから、大切なものを分け合おうと言って――

俺の名前は――?

俺は――

「あなたの名前は？」

ローズの口調は、彼女の主とそっくりだった。面影が俺に道を示す。ほとばしるような閃光が、記憶の扉を開いた。

「……リユカ……俺の名前は、リユカ。L・U・C・A・S……」

ずっと忘れていた、俺の名前。

ローズの顔が綻《ほころ》んだ。呆然《ぼうぜん》とする俺の前で、よかったというように大きな溜息をついた。

彼女は最初から答えを知っていたのか。だとしたら誰に。

考えるまでもない。

「リユカさん、奥さまからの伝言を言付かっていたんです」

「……え？」

「自分が死んだら伝えるようにと」

初めてのことだ。

四十七回目のパリで。

現実的ではないように思えた。俺は夢を見ているのかもしれない。

「……手紙じゃないんだな」

「『手紙はいけない』って、奥さまが仰っていました。何か理由があってのことだと思います」

忘れかけていた会社の鉄則だ。基本的にメモの類《たぐい》は残さないこと。商売相手の男たちと無数の手紙を取り交わしてた彼女にしては、珍しく基本に忠実だ。

理知的な黒い瞳と、おかっぱ頭の面影が、久々に明晰《めいせき》な像を結んだ。『モンテ・クリスト伯』の続編連載を目にしたような気分で、俺は目の前の少女と向かい合った。

「聞かせてもらえるか?」

「『もしあなたで終わりなら、跳《と》び続けて。もし新しい人が来たのなら、ここで生きて』。あの、何のことだか、わかりますか……?」

「……あなたで終わりなら……?」

黒い瞳の少女は、俺と同じくらい不思議そうな顔をしていた。俺の頭は何十年かぶりのフル回転を始めた。あと少し、ほんの少しだけでいい。考えさせてくれ。正気を失っても構わない。

きっとこれは彼女が俺にくれた最後のチャンスなのだ。

俺で終わりならば?

「……なあローズ、フォースと初めて会ったのはどこだ」

「この近くです。昔私が勤めていたお針子《はりこ》屋で、屋根から降ってきたんです。天使かと思いました」

　フォースの言葉を信じるのなら、あいつは会社が新規開発中のアリスの鏡に、卵を持って突撃したはずだ。新規開発中とは、とりあえずゲートは開いているが座標は未調整段階で、どこに出現しているのか未確認の鏡のことであるはずだ。各ナンバーズに対応した生体認証は、座標の安定後に付け加えられる機能である。捨《す》て鉢《ばち》な戦術だが、エッグとの心中も覚悟の上だったというのなら納得がゆく。

　その後会社は、エッグについている発信機のマーカーとやらの座標から、フォースの居所を割り出し、奪還《だっかん》のためにフォースの追跡者を送り込んだ。

　俺だ。

　だが俺はすっかりこのループの生活に順応してしまった。

　会社はそれを許すだろうか？

　そうだ、いつだったか俺も、臨終のフォースにそんなことを言っていた。俺がロストしたって次のナンバーズが来るだけだ、一人で説得工作をずっと続けるつもりかと。

　――そういえば。

「お前に、確認したいんだが……その後、俺みたいな、フォースの友達は来たか？」

「いいえ、あなただけです」

「友達じゃなくても、何度も同じことを質問する奴とか、似たような場所から何度も現れる奴とか」

「そんなのは一度も」

少しずつわかってきた。

ほんの少しずつ。でも確実に。

フォースの言う『新しい人』とはつまり、フォースの追跡者として機能しなくなった、俺の代打のことだろう。それが来なければ『跳び続けて』――

わからない。頭が痛い。あと少しで掴めそうなのに。あと少しでいいのに。

「……お気持ち、わかります。私も何だか、自分が一度死んでしまったみたいで、とても辛いです。でも奥さまはよく仰っていました。自分の一番大切なものは、一番大切な人に預けてある、それを取りに来てくれるまでは、私の魂《たましい》は絶対に死なないって。だから」

「もう一回」

「え？　あの、魂は死なないって」

「『一番大切なものは、一番大切な人に預けてある、それを取りに来てくれるまでは』」

……そうか、そうか！　……はは、はははは！　あははははは！」

俺は笑った。ローズは目を見開いた。とうとう俺が完全に壊れたと思ったのだろう。我ながらそんな気分だ。真逆だろうか。間違った方向に嚙《か》み合っていた歯車が、初めて正しい位置に据《す》えられたような。

爽快《そうかい》な気分だ。

俺は馬車の前ではなく鏡に飛び込んだ。

行き先は一八四三年、五月二三日の明け方である。

足音を潜めて階段を上ってゆくと、三階に小さなランプの明かりが見えた。フォースの家を家探ししたのはこの日ではない。ゆっくりと人の動く気配がして、鍵《かぎ》が開いた。扉に手を伸ばす。

立っていたのはローズではない。クレマンスでもない。

フォース——マリー——いや。

「久しぶりだな、アンヌマリー」

フェリックスが名乗り、俺がリュカと名乗ったあと、一人残った少女は珍しく気まずそうな顔をした。ここに来る前、川のほとりで暮らしていた時に呼ばれていた名前だから、愛着なんてちっともないけれど、と散々前置きして。

アンヌマリー。

フォースの本当の名前。

貴族のお姫さまみたいだとフェリックスは笑った。好きじゃないのよと言いつつも、彼女はまんざらでもない顔をしていた。

そして俺たちは手を握り合った。

これは俺たちだけの秘密。

特に意味があったわけじゃない。でも語学の教材に使われた冒険小説に、あんなシーンがあった。ちょっと憧れてしまったのは、俺だけではなかったらしい。

長い握手のあと、フェリックスは言った。

君たちに出会えた事を、誇りに思うよと。

夜会服のアンヌマリー＝フォースは、嬉しそうに——本当に嬉しそうに顔を綻ばせた。長い冬を耐え忍んだ春の花のような、待ちわびた顔だった。

「おかえりなさい。あなたは何回目？」

「さてな、四十八回目くらいだと思うぜ。力技もいいところだ。暗示が解けるのに何年かかったか考えたくもない」

「よかった。死んだ魚みたいな目をしたあなたに、何度も『三回目』って名乗られるのにはいい加減うんざりしてたの。でもこれではっきりしたわ」

胸に白い椿の花を挿《さ》した椿姫は、そっとドレスの腰ひもを緩《ゆる》めた。ゆったりとした白いドレスの隙間から、白い巾着《きんちゃく》袋が顔を覗《のぞ》かせる。ちょうど卵が一つ入るくらいの大きさだ。無数のダイヤモンドで彩《いろど》られた、小さな宝物。

アンヌマリーは俺の手に、冬のつぼみを載せた。

「これはあなたに預けるわ。追跡者は来ない。未来は二択ね。これをそのまま会社に持ち帰るか、この場でエッグを破壊するか」

アンヌマリーは愉《たの》しそうに笑っていた。全く、なんて女だ。こいつは最初から全部知っていて、俺に何回目かと尋ねてきたのか。

「どうする？　私はどちらでもいいわ。今のあなたとなら、まともに話ができそうだし。あなたがまだ会社に戻りたいというなら、止めはしないけれど」

出し抜かれ続けるのは性に合わない。

「二択じゃない」

「え？」

「三択にする」

「……どうやって？　きっと私は何度も死んだのでしょう。それでも一度も同業者がやってこないのならば、あなたは成功したか、取り返しのつかない大失敗をしたかのどちらかよ。あなたが諦めてしまったら、会社はすぐ他のナンバーズを送り込むわ」

「考える時間は腐るほどあったんだ。本当に、頭が腐りそうなくらい。ひょっとしたら俺はもう半分くらい死んでるのかもな」

冬のつぼみを右手に握ったまま、俺は控えめにアンヌマリーの体を抱き寄せた。骨と皮じゃない。皮膚《ひふ》にはまだしっかりと弾力があり、髪の毛からはいい香りがする。心臓が脈打っている。生きている。

「お前と生きられるチャンスがあるなら、絶対摑み取ってみせる。お前の死ぬところはもう見たくない」

「……私はいつ死ぬの？」

「知ってここに来たんじゃなかったのか？」

「知らないわよ。私が知っていたのは、授業で習ったマリー・デュプレシって名前の女性が、この時代に高級娼婦として、帽子屋のお針子から成り上がるってことだけよ。彼女の肖像画《しょうぞうが》が私に似ているって言ったの、あなたでしょう、忘れたの」

「俺が？」

「そうよ」

俺はアンヌマリーの体を強く抱き直した。

ナンバーズと呼ばれた、俺たちの仲間は次々とロストした。

でも生身の人間は煙のように消えたりはしない。消されたのだ。

歴史の中へ『還る』どころか、俺たちは逃げることすら許されなかったのか。

俺は腕に力を込め、アンヌマリーに囁《ささや》いた。おかっぱ頭で、歌がうまかった同級生に。

「……お前が…………死ぬのは、俺の知ってる予定より、早い。一八四六年の一月だ。『モンテ・クリスト伯』の新聞連載が終わる頃、俺がピアノを弾きに来る。お前が俺に一番好きな曲を弾いてくれって頼む日の……夜だ」

腕の中の女は、妖精のように白かった。胸元の椿の花は、赤よりも白をつけている日が多い。彼女には白がよく似合う。

「ルフ」

「何だよ」

「私はきっとこれから幸せな三年間を過ごすのね」

夢見るような囁きに、俺は赤面した。ノルマンディーでもこんな風に抱き合ったことはなかったのに。いや、こんなことを考えている場合じゃない。

「……そうでもないと思うぜ。一週間もしたら『俺』が家探しに来るしな」

「手伝えることがあるなら今のうちに言って。きっと体が動かなくなるから」

「そうだな、切実な話、今年の六月の最初の日曜日まで、金を貸してもらえると助かる。

絶対に返せるから」

「競馬で稼ぐの、定番ね。いいわよ。いかほどご入り用?」

「まだわからんが、百万フランじゃ足りないと思う」

「仕事が忙しくなるわね。たくさんお手紙を書くから三日ほどいただける?」

「ご立派、娼婦の鑑《かがみ》だ」

「皮肉は結構よ。他には?」

「ない。金が足りなかったら、変装してまた来る」

「了解したけれど、遠慮することないのよ」

「いや、本当にないよ。正直、俺にもそんなにできることはないと思う」

確認なんだけどな、と俺は切り出した。

「……ヴァンドーム広場って、俺たちの時代にも爆撃されてなかったよな?」

怪訝な顔をしたアンヌマリーに、俺は第三案を説明した。

起死回生、これで駄目なら俺は死んでも構わないと告げると、彼女は微笑んで、俺の額にキスをして、胸に椿の花を一輪、飾ってくれた。

一八四六年、一月。

外は雪が降っている。

掃除部屋の冷たい空気の中、俺は深呼吸して、久々にキーボードを呼び出した。アリスの鏡は正常に機能している。手早くメッセージを打ち込んだ。

『〇〇一二より本部へ。冬のつぼみを確保。確認されたし』

何十年ぶりの入電になるのだろう。俺の着ている服は、鏡に飛び込むたび新しくなる黒のフロックコートで、この掃除部屋も恐ろしく代わり映えしない黴臭《かびくさ》さだ。

だが今度ばかりは違う。

『本部より〇〇一二へ。冬のつぼみを確認。速やかに帰還されたし』

コピーではない返信。俺は左手で握り拳《こぶし》を作った。

「やっぱりな。マーカーってのは、本当にダイヤにくっついてたのか……」

俺は恐る恐る、陽炎の中に手を差し伸べてみる。

手首は消える。

ここまではいつものことだ。問題はこのあとだ。

深呼吸をし、右手を握りしめた。

ゆっくり、ゆっくりと、俺は鏡の中に踏み込んだ。

頭を丸ごと掃除機で吸われるような感覚。無尽蔵な回転。

頭痛――意識を保て――作戦を忘れてはいけない。

きっと今回こそは。

視界が開けた。まばゆい光で、目が痛い。

辿りついた先は、掃除部屋ではなかった。

目の前に眼鏡をかけた茶髪の男が立っている。世にも嬉しそうな、陽気で空疎《くうそ》な笑みを浮かべて。

「おかえりなさい、ルフ！　お疲れさまでした！　いやあ、ほんとにお疲れさま！　大丈夫ですか？」

「あんまり大丈夫じゃねえな」

「そうですね、回復室に行きましょう。そうすれば頭がまたすっきりしますよ。エッグはどこです？」

「『回復室に』ってのは、『全部忘れて』ってことだな」

「ええまあ、そういうことになります」

アルフレード、と俺は呼んだ。最後に会った時と全く同じ、ぼさぼさ頭に眼鏡の小男は、はあいと応じた。完全に、俺の知っているアルフレードだ。さっきそこの自販機でコーヒーを買ったんですよとでも言いそうな、軽やかな空気を纏《まと》っている。俺の何百回にもわたる電文を無視し、無限の円環《えんかん》を与えた男だ。

「ん？　どうかしましたか？」

「幾つか確認させてくれ。フォースの結核は、本当の結核じゃやねえな？」

「そんなことですか？　はい、そうですよ。彼女どんな風に死にましたか？」

「ゲボゲボ血を吐いて、蠟みたいに白くなって死んだよ。肺の病の末期症状で間違いないそうだぜ。一九世紀の医者が言うことにはな」

「鋭いですねえ。お察しの通り、ナンバーズの皆さんの体内にはナノマシンが組み込まれていますからね。職務を放棄して過去の時代に定住しようとしたって、そうは問屋が卸しませんよ！　一定期間以上アリスの鏡に入らなかったり、処置を怠《おこた》ったりした場合、ナノマシンは自壊を起こして宿主をゆっくりと死に至らしめます」

　他には何か？　とアルフレードは微笑んだ。おかしな話だ。俺はこいつと何度も話したはずなのに、初めて見る男にしか見えない。

　一歩も動こうとしない俺の前で、アルフレードは苦笑いした。気弱な男の精一杯の感情表現のようでいて、限りなく空虚《くうきょ》だ。感情がない。ゴムの人形のように見える。この生き物には本当に中身があるのか。

「おっかないですねえ。喧嘩《けんか》でも始めちゃいそうな顔に見えますよ」

「どうせ初めてじゃねえだろ、この場所で修羅場になるのはよ」

「……あっれえ？　おかしいなあ。以前あなたと険悪になった時の僕は、別の名前を名乗ってたと思うんですが」

「だろうな。俺も段々頭がはっきりしてきてわかったよ。お前とは別の名前の時にも何度も会ってる。目や髪色は違ったが、よく考えるとみんなお前に似てるんだ。一人で切り盛りしてるんじゃないのか？」

「どうせ忘れちゃうと思うので誠実にお答えしますが、そちらもご名答です」

「貧乏暇なしだな、クソ野郎」

「いえいえ、おかげさまでまた盛り返せそうですよ」

他には何か？　と両腕を広げるアルフレードに、俺は研《と》ぎ澄ました視線を投げつけた。

アルフレードは眼鏡の蔓を中指で押し上げた。いやに貫禄がある。二十代だと思っていたが、三十代、四十代――整形を駆使すればもっと年上の可能性もある。

「どうしました？　聞きたい事でもありそうな顔ですよ」

「ありすぎる。お前は一体何なんだ。何のためにこんな事をした。何歳なんだ」

「デリカシーのない質問ですねえ。美容整形で時間を止めてるのは僕だけじゃないのに。

あの学校は遡行者養成学校でもあり、実験場でもあったんです。僕はコスプレが大好きなんですが、何が一番素晴らしいって、別人になれる事ですよ！　ある時はアルフレード、ある時はベンジャミン、ある時はクラリモンド――もちろん偽名を使うだけなら誰にでもできますが、そんなのはただの子どものごっこ遊びです！　観察者による批判的視線がありませんからね。逆に言えば『お前アルフレードだろ』『本当は六十八歳だろ！』ってツッコミが入らなければ、僕の完璧なコスプレは実現された事になるんです！　素敵でしょう？」

「かもな」

「どうも！　そんなわけで完璧なコスプレには、観察者に対する脳科学的干渉が不可欠なんですね。コンダクターである僕の姿を見るあなた方の脳、後頭葉の前方にある側頭連合野、視覚認知を司《つかさど》る部分に、特殊な催眠が施されています。特定の顔だけ、見分けがつかないようにね。これは難しい処置なんですよ！　僕の職場はもともと脳科学関連だったんですが、コスプレと歴史小説好きが高じて、新しい時間遡行企業の立ち上げの時期に、ツテで今の仕事に転職したってわけです。転職だけに天職！　なあんちゃって」

はにかみ笑いする男は、完全に、楽しんでいた。楽しんでいる素振りしかなかった。

いつものアルフレードだ。ベンジャミンか、クラリモンドか、知ったことではないが。

こいつにとっては、今日の前で起こっていることは、ごく普通のことなのだ。

中二階からは、銃口が俺を狙っている。実際に撃つことなんてないと、何の保証もなしに思っていた警備員たちが、白いマス目で区切られた部屋をぐるりと囲んでいる。

俺の体に張り付いた赤い光点が、アルフレードの微笑み同様、いつでも撃てるぞと俺に教える。おかしな奴らだ。自分が俺に何をしたのかまるでわかっていない。今更俺が殺されることを——死を恐れると思っているのか。

いつまでこの薄笑いが続くか、上から観察しているといい。

「…………反応薄いですね？　傷つくなあ」

「お前の独演会を聴くために、こちとら二百五十年前から戻ってきたわけじゃねえんだよ」

「それにしては大人しいじゃありませんか。意外だな。ナイフも何も持ってこなかったんですか。僕はてっきりまた、タイタニックの仕事を終えた時みたいに攻撃されるんじゃないかと思って、防弾チョッキまで着てるんですよ。まあいつものことですけど」

「無駄なことはしねえよ。銃を持った警備員相手に、一九世紀帰りが大立ち回りできるわけねえだろ」

「んーむ、賢いですねえ。面白みには欠けますけど。あなたを狙ってるのは即効性の麻酔銃ですから、体に当たっても命に別状はないと思いますよ。万が一の時にはヘッドショットしてもらうよう指示してありますが」

　この部屋で何人、俺の仲間は死んだのだろう。

　俺は奥歯を嚙《か》みしめた。今はまだ感情的になる場面ではない。

「アンヌマリーのコンダクターも、その分だとお前か？」

「そうか、名前まで思い出したんですね。今回は深めの催眠にしないと……薬物で今後の仕事に支障が出たりしないといいんですが」

「薬が必要なのはお前の頭だ。それにしてもいい会社じゃねえか、ジャバウォック社さまはよ。下《した》っ端《ぱ》の暴走も管理できないコンダクターが、まだ現役で働いてるなんて。このご時世に信じられないほど温情たっぷりじゃねえか。泣かせやがる」

「うわーっうわーっ、大声でそんなこと言わないでくださいよ。僕はルフの友達じゃありませんか。社長に殺されちゃいますよ」

「まだ殺されてないのが不思議だよ。お前が社長じゃなければな」

「……うーん、そちらもビンゴ」

　ほんとにいいカンしてますね、と笑う男は、俺と同じ生き物だった。足が二本、腕が二本、俺と同じ形だ。だが中身が明らかに違う。食い物にも寝る場所にも不自由することなく、遠くで銃声が聞こえても自分が殺される恐れはなく、隣にいる酔っ払いに衝動的に絞《こう》殺《さつ》されるなんてふざけた事件にも無縁な世界で育ってきた生き物だ。こういう人間は一九世紀にも腐るほど存在した。歴史など超えなくても、彼らにとっては、俺たちの存在なんて別世界の生き物でしかないのだ。

ぼさぼさの髪の毛をとかしつけ、ビジネスマン風のオールバックに整えたアルフレードは、朗《ほが》らかに微笑みかけた。こいつはよれよれの白衣という皮をかぶって、無垢《むく》ではないが無知な羊を食らう狼《おおかみ》だ。

「言いたいことがあるなら言った方がいいですよ？　我慢は体に毒ですからね」

「つくづくおかしな時代だな。一九世紀にも、コスプレマニアや歴史オタクはいたが、『殺人を厭《いと》わない歴史オタク』ってのは、二一世紀の発明品だと思うぜ」

「『殺人を厭わない経営者』なら、昔からあちこちにいたと思いますよ。殺されちゃうっていうのは本当です。エッグが戻ってこなかったら、卸先に納品されるのは僕の首になるって話ですから。参るなあ。僕は会社の品物を持ち逃げされただけの被害者なのに」

「クソボケの御託《ごたく》はいい。俺の話を聞け」

「聞きますけど、エッグを渡してからにしてもらえませんか？」

「話が終わってからだ。アンヌマリーはまだ死んでない。エッグもここにはない」

えっ、という声が小気味よかった。彼女の読みは当たったのだ。

「鏡のループ状態が解除される条件は、二つのマーカーの接触だな？　俺とエッグ、両方が揃った状態で鏡に触れると、もう一度この場所に戻ることができる」

「当たってますけど……あの、どうして鏡の前から動かないんです？」

俺は一歩踏み出してみせた。大きく片腕を広げるような姿勢をとる。

右手の手首から先が、ない。

「……えっ？　手品ですか？　冗談きついなあ」

「手品でも冗談でもないぜ。俺の右手は、一八四六年一月のパリにある。エッグもそこだ」

俺は肩から上を少し反らして、鏡と自分の腕との境目が目に入るように傾けてみせた。手首は陽炎の中に溶けている。逆ならば、アリスの鏡の作動確認で何度もしたことがあったが、本体が外に出ている状態は初めてだ。アルフレード、もといジャバウォック社の社長は、うへえという顔をした。

「今、腕、めちゃめちゃ痛いですよね？」

「本当に千切れてるような気がするよ。気休めに阿片《あへん》も打ってきたが、想像以上にヤバいなこれ。学校で拷問《ごうもん》耐性の訓練受けておいてよかったって、頭がすっきりしてから初めて思えたよ」

「機械を止めますよ。その前に手を出してください。さもないとご自分の手首と永遠にお別れすることになります」

「やってみろ。エッグも消えるぞ。俺の手から落ちて、あの薄汚い掃除部屋にガチャンだ」

「えっ」

「まず間違いなく割れて、ミッション大失敗、取り返しはつかないぞ」

「……えええー。そんなあー」

お気に入りのおもちゃを取り上げられた子どものような、お気楽な声と表情に、俺は心底殺意が湧いた。突きぬけるような怒りは、裏返って快感に通じる。

俺はエドモン・ダンテスの顔で、アルフレードに微笑みかけた。

悪魔がいるなら、きっと今の俺のような顔をしている。

「いい、ローズ、絶対に手を放しちゃ駄目よ」

「人がっ！　クロゼットにめりこんで！　て、て、手首だけ！」

「不気味でしょうけれど我慢して。私もこうやってここにやってきたのよ」

六年前になるのかしらね、という呟きに、かつて『マリー』と呼ばれていたローズは、はっとした目を向けた。半ば以上死人の顔をした女主人は、ピアノの家庭教師が何事かを達成したという報告を受けると、終油の秘跡《ひせき》をほったらかして、掃除部屋に赴《おもむ》いた。何が起こっているのかもわからず、主に追いすがったローズは、神をも恐れぬ超自然の光景を目の当たりにした。

ローズの主は男の手を握りしめていた。二人の手の平の間には、白い巾着袋の紐が絡まって、ふたつの手をきつく結びつけている。

絶対にこの手を放してはならない、たとえお前の主人が放せと言っても『その時』が来るまでは駄目だという、鬼気《きき》迫るルフの指示のもと、ローズは今にも倒れそうな体に覆いかぶさるように、二人分四本の手で、ルフの手首を握りしめていた。手が吸い込まれそうになるたび、女主人は、指先で鏡に触れ、吸収を食い止め、ローズは体重をかけて手首を引っ張った。

「……何時間こうしていればいいのかもわからないけれど、諦めないで。この人や、私の仲間たちが諦めなかった時間に比べたら、どっちみち短すぎるわ」

「その袋の中身は、一体」

「ちょっとしたものよ。本当に、ちょっとしたもの」

「………昔いた場所に、お帰りになられるのですね。病気が治る場所に」

「そうかもしれないし、そうじゃないかもしれない。もし私がいなくなったら、今度こそあなたは、私の偽者じゃなくて、本物のマリー・デュプレシに戻れるわよ」

咳き込んだ女主人の背中に、ローズは寄り添った。

「……今までごめんなさい。私はあなたの人生を乗っ取った。少しでもつぐないができればいいのに」

「何を仰るんですか。私は楽しかったんです。それよりあまり喋るとお体が」

「いいのよ。どっちにしろ、もう……私には今日しかない」

唇から血を滴らせながら、それでもローズの主は手を放さなかった。

数々の男を魅惑してきた黒い瞳は、炎のように燃えていた。命の最後の一片まで燃やし尽くそうとするように。

苦しい息の下で、ローズは祈るような声を聞いた。

「………信じているわよ、リュカ」

「今、俺の手首を、アンヌマリーが必死で摑んで、あっちの世界に固定してる。エッグが惜しかったら、彼女もこっちの世界に引っ張り込め。これは交換条件じゃない。命令だ」

「それでですか、出力を上げても手が出てこないのは……困るなあ、鏡には一つ一つ生体認証がついてるのは知ってるでしょう？　彼女とあなたの出口は違うから、そこから彼女は出てこられないんです。わかったら放してもらった方がいいですよ、鏡が消えたら本当に手が切れちゃいます」

「やってみろよ。百歳の爺《じい》さんが開き直ってると思った方がいいぜ。俺もあいつも今更命なんか惜しくない」

「変なこと言っちゃって。あなたはまだ十七歳ですよ」

「上《うわ》っ面《つら》はな。こんな仕事もう懲《こ》り懲《ご》りだ。絶対に転職してやる」

「無理です。あなたには出生証明書も戸籍もありません。フォースさんにもね。この世界ではあなたたちは幽霊みたいなものなんです。社会的に実在しない人間が、どうやってこの会社を出て生きていくんですか」

「なるようになる。川辺のゴミ拾いに戻ったって構うもんかよ。俺は自分の『現実』が欲しいだけだ。過去も未来もある現実が」

「…………社訓はよく覚えてるんだなあ」

「他の記憶が消えるくらい叩《たた》き込まれたからな」

悪意も害意もなく、にっこり笑った男の後ろには、久々に見る業務連絡用スクリーンのデフォルト画面が広がっていた。灰色のエンブレムの中で、黒い竜の鉤爪《かぎづめ》が赤い玉を抱いている。玉の真ん中にはアルファベット。薄気味悪い社章だ。

俺の他にもここで、こういう啖呵《たんか》を切った奴はいたのだろう。

それこそ、数えきれないほど。

恐らくは、ロストとして処理されて。

心底うんざりだ。窮鼠猫《きゅうそねこ》を噛むという諺《ことわざ》の意味を教えてやる。

「回答を聞こうか、社長さん」

「無茶は無茶ですよ。即時回答なんて、できるはずがないでしょう。いくら小規模運営の会社だからって、僕一人で何でも決められると思わないでくださいね」

「あの会議室の茶番も、どうせお前が作ったデータか何かだろ。一人で何でもできるのにどうして他人の意見を会議室で伺う必要がある」

「失礼な。仮にもジャバウォック社は株式会社ですよ。あちらは会社運営への参画に意欲的な株主の皆さんです。半分くらいは僕の昔の同僚ですけどね。大脳生理学に関わる製薬会社は、慢性《まんせい》的な二本足のモルモット不足ですし、素直な兵士を造りたがってる軍需企業の方も、継続的な洗脳実験の成果確認のために、うちの会社を支援してくださってます。どうです？　株主の皆さんの意見を聞き入れる、フレンドリーな会社でしょ？」

「モルモットはそうは言わねえと思うぜ」

「あはは、全て忘れさせるまでの間だけですよ。警備員さんや遡行機を動かす物理学者の皆さんにも、パートタイムですがちゃんとお勤めしていただいていますよ。最初はうちの会社にも専門の人材を確保していたんですが、どうしても大手の運営する時間遡行会社には勝てなくて。多方面の人材育成に振り分けるための手間暇も予算も違いすぎるんです。手段を選べなくなってきたことにはお詫《わ》びしますよ。でもあなたもフォースも、本当によく働いてくれましたよね」

「腕が痛いから手短に済ませろ」

「長引かせてるんです。阿片の効果が切れたら、あなたは絶対に手を放します」

「この遡行機、一分間作動させるのに、幾らかかる？」

「……六十秒なら二千万くらいかなあ。イタいとこ突きますね」

「どれだけ大金を積ませてエッグを卸しても、遡行機の費用で赤字が出たら、商売あがったりじゃねえのか？　社長さん」

　アルフレードの薄笑いが、初めてほんの少し、ひび割れたように見えた。完璧なコスプレを愛するこの男は、間違いなく悪趣味なナルシストだ。思う通りに物事が運ばなければ、痺《しび》れを切らすに違いない。もはや俺にはそうなることを祈るしかない。

振り子人形のように左右に体を揺らして、アルフレードは俺の手首をためつすがめつしていた。真実、手品ではなく手首が鏡に入ったままになっていることを、幾度も確認しているらしい。

もう五十センチ近づいてきたら、思い切り引き寄せて盾兼人質にするという作戦も考えてはいたが、さすがにそこまで甘くはないらしい。腐っても邪悪でも、一国一城の主だ。

「本当に手首がないや……変なこと思いつきますねえ」

「贅沢《ぜいたく》に時間を使わせてもらったからな」

「皮肉も冴《さ》えてますね。今現在、現役バリバリで活躍している物理学者にとって、アリスの鏡はファム・ファタールみたいなものなんです。魔性の女ですね。限りなく魅力的ですけど、触れたが最後無事に済む保証はない。鏡と鏡の間の亜空間にも、安全の保障なんてありませんからね。接触時に機械が誤作動を起こして、ちょうどあなたがいる場所でひき肉になったナンバーズもいましたっけ。えーと、何て名前だったかなあ、あなたにどことなーく似ている人で……そうそうフェリックス！　フェリックスですよ。覚えてます？　ナンバーズを社員寮の二人部屋で生活させているのには理由がありましてね、記憶の容量が満杯になってしまう時に、相手をドッペルゲンガー、つまり余剰《よじょう》の記憶を持ってもらうアバターとして活用するんですね。他の記憶に障りがないように名前を変えて。親しい人間の行動ほど、自分の行動だと認知を混同するケースが多いのはわかるでしょ？　逆も然《しか》りってわけです。タイタニック号のあとの暗示は傑作だったなあ！　『タイタニック号はルフの仕事ではない、サウザンド・ファーストって後輩の仕事だ』って暗示をかけたら、あなたときたら彼そっくりの口調でタイタニックの思い出を話し始めるんですから！　誰もそんなことをしろなんて暗示はかけてないのに！　僕らは回復室で大爆笑でしたよ。本当に親しい友達だったんですね。まあ本人はとっくに死んでましたけど」

「御託はいい。怒らせようとしても時間の無駄だ」

「それにしては声がおっかないなあ。ねえルフ、幾らねばったって無理なものは無理なんですよ？　うんと昔に説明したと思いますが、過去の人間が現実世界に紛れ込んでしまうことを防ぐために、鏡には生体認証があって……」

「俺の名前はリュカだ。あるだろうが、アンヌマリーが飛び込んだ鏡が」

「……あれはもう閉じてます」

「嘘だ。あいつが少しでも戻ってくる可能性がある扉を、お前は絶対閉ざしたりしない」

「…………」

アルフレード社長は沈黙した。ご名答、とは言わなかったが、表情が俺の問いに答えてくれた。座学オンリーの歴史オタクは交渉事には向かないらしい。俺はにやっと笑った。手首から絶え間なく走ってくる激痛のおかげで、全身の毛孔《けあな》から脂汗《あぶらあせ》が噴き出す。少しでも気を抜いたら崩れ落ちそうなほど気分は悪いが、何とか立ち続けていなければならない。手の平にはエッグと、温かい手の平の感触がある。

絶対にこの手を放さない。

「座標を調整して、俺の鏡と重ね合わせろ。できないとは言わせないぞ」

「素朴な疑問なんですけど、ここで僕と問答をしても、意味がないと思いませんか？　あの掃除部屋の座標は既に計測済みなんですよ。もう一つ鏡を開くことだって簡単です。ガチャン！　と落ちると思った瞬間、サッと横から手が伸びてきて、冬のつぼみを無事確保！ってシナリオは考えなかったんですか？　その瞬間あなたたち二人は用済みですよ」

「追跡者は来なかったぜ。一度もな。俺が何十年、未来の自分の背中を見ながらあの世界で暮らしたと思ってるんだ？　どこに住んでいる誰が何の仕事をしているのか親戚は何人かいつ引っ越してきたのか、何時何分にどの道で事故が起こるかも覚えちまったよ。用済みってのも嘘だな。そもそも俺の他に使える追跡者が、お前らには本当にいたのか？　社運が懸《か》かった宝だろう。俺が社長なら、持ち駒《ごま》全部費やしてでも取り返すために必死こくぜ。昔の友達一人だけ派遣なんて、正気の沙汰《さた》とは思えないね」

「………ルフ、いやリュカさん、副社長になりませんか？」

「お断りだ」

「お金にも女の子にも多分一生困りませんよ？」

「そういう交渉は対等の立場に立った相手にかませよ。こっちはしびれを切らしてるんだ」

　アルフレードは子どものようにむくれた顔をした。本当に困っているのか、おちょくっているのか、それとも全ての状況を楽しんでいるのか、まだ掴みきれない。だが俺たちには他にもう賭けるべき目がない。賽《さい》は投げられた。

　あとは信じるしかない。

「社長さん、時間だぜ。二択だ。ハンプティ・ダンプティ、卵が落っこちたら、王さまの馬でも兵隊でも、元には戻せないぜ」

「うーん……」

　うーん、うーん、と眼鏡の男は唸《うな》った。本気で悩んでいるようだった。結論は既に出ているのだろうが、こんな時まで嫌がらせをする根性は称賛に価《あたい》する。こうでもなければ、極悪企業の運営などできたものではないのだろうか。それともスラムから身分も何も存在しない子どもたちを拾ってきて、洗脳して、使いものにならなくなるまで時間遡行を繰り返させるというようなことが、まともな神経の持ち主にも、できてしまうものなのだろうか。金のためなら。

んっ、と唸って頷いたジャバウォック社の社長は、片手を挙げて合図した。俺は少しだけ麻酔銃の衝撃を覚悟した。が。

「遡行機班、一号機の鏡を、二号機に合わせてください。地軸と自転の計算はなるべくスピーディーにお願いしますよ。皆さんの給料から天引きできる金額じゃありませんからね」

「早く、早く!」

やはりだ。卵は言い値だというのなら、彼女を拒む理由はない。

「あと十秒くらい我慢してくださいね。その前に彼女が手を放しちゃっても、恨みっこなしですよ」

「もうお前のことは限界まで恨んでるよ。これ以上の上乗せは無理だ」

「イケズだなあ。僕は友達としてあなたと話すのは好きだったのに。今回は何しろ仕事の時間が長かったし、復職までにどのくらいの期間の処置が必要になるか……データとしては興味深そうですけど、どうなることやら……」

「今更脅《おど》したって遅いぜ」

「まあいいか。このデータもきっと高く売れるでしょうしね。エッグが戻ってくれば、また新しいナンバーズの育成にも資金が振り分けられるでしょう。これは勉強代ですね」

座標確認しましたあ、という間延びした声が、だだっ広い白い空間に轟《とどろ》いた。半壊した巨大洗濯機の中にいるような轟音《ごうおん》が、二倍に膨れ上がる。

「あんまり慌てて機材を壊すんじゃありませんよ！　造り直せませんからね！」

「経営逼迫《ひっぱく》してるな」

「僕が大金持ちに見えますか？　うちの会社の強みは、一九世紀の欧州周辺、それからタイタニックの座標に合わせられる機材を持ってることと、ローコストでお目当ての品を卸せることですからね。ま、それでもあなた方がいてくれるなら、十分な利益はあげられるわけですが。来ますよ」

経営者は俺の背後を指さした。手首の感触が急に戻ってくる。痛みではない。温かさだ。

「アンヌマリー！」

蠟人形のような手が姿を現すと、経営者はさっと巨大なガスマスクを顔に装着した。麻酔銃だけではなく、ガス弾まで用立てられているらしい。ある程度の騒ぎは想定済みということか。ありがたい。

俺は鏡の中から人間が出てくる様子を初めて目の当たりにした。

虹色の陽炎が、液体のように波打ち、キラキラ輝く物体が、徐々に人間の形を取り戻す。

俺は崩れ落ちる体を抱きかかえ、床に膝をついた。

質素な白いドレスのアンヌマリー。鏡をくぐった時と同じ十七歳に戻っているが、恐ろしく消耗している。意識はほとんどない。当たり前だ。本来なら命日になる日を選んだのだ。作戦を繰り上げることは、経済上の事情で不可能だった。彼女は本当に、ぎりぎりまで頑張ってくれたのだ。

無機質な部屋の中で見ると尚更《なおさら》、アンヌマリーは不気味な人形のようだった。

慌てて喉《のど》に手を当てる。脈はまだある。

「医者！　救急車！　どっちでもいい！　早く助けてくれ、死んじまう！」

「先に確認させてください。マーカーは認識していますが、念のためです」

俺は枯れ木のような手首から巾着袋を巻き取り、アルフレードに突き出した。遠くからやってきた警備員が、柄《え》が五メートル近くある虫取り網をうやうやしく持ってくる。俺は網に巾着を入れた。

ビニール手袋をした歴史オタクは、中身を確認すると躍《おど》り上がった。

きらきら輝く四十八個のダイヤモンド、大理石の卵と絵付けの施された陶磁《とうじ》、輝く金細工の脚。頂点にそびえたつように輝く、銀の椿の蕾《つぼみ》。

「インペリアル・イースターエッグ、冬のつぼみ！　これですよ、これ！　長かったなあ……！　実時間だと実際なくなっていた期間はそう長くもありませんけど、それにしても長かった！　よく帰ってきてくれましたねえ。これでうちの会社の首も繋がりますよ」

「お前の首だろ」

「零細《れいさい》企業にとっては同じことです。担架ありますかー」

ガスマスクの上から、全身を緑のポリ袋で覆ったような格好の男二人が、白い担架を持って、えっちらおっちらやってきた。

俺が担架の上にアンヌマリーの体を横たえると、ガスマスクの社長はゆっくりと歩み寄ってきて、意識のない頬をすっと撫《な》でた。

「おかえりなさい、フォース。ルフもですけど、あなたも災難でしたね。会社に楯突《たてつ》くような真似をしなければ、こんなことにはならなかったのに」

「助けてやってくれ！　健康になったら、こいつはまた何億って価値のある仕事ができるぞ！　やる気だってあるんだ！」

「嘘八百をまあ……でも僕も鬼じゃありませんからね。あなたたち二人には十分な功績もありますし、会社としては、せっかく戻ってきた人材をロストするわけにはいきませんからね。担架一つ足りませんよ。さあ」

回復室に行きましょうか、という声と、三日月みたいににんまりと嗤《わら》う口の形を最後に、俺は激痛によって、記憶の流れから引き離された。上から狙いを定めていた麻酔銃が火を噴いたのだろう。右腕が爆発したように痛む。

マスクの下、アルフレードは勝ち誇ったように笑っているのだろう。

意識が遠のいてゆく。

構わない。

俺の本番はここからだ。

終幕

The Timelooper Wandering In The Labyrinth Of Time
The Final Act

乾杯の歌

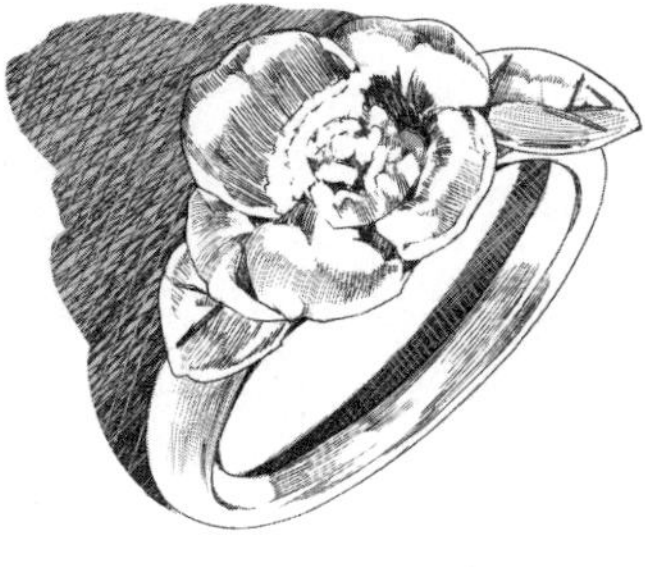

意識が遠くにある。

とてつもなく高くて遠い穴から、暗い洞窟《どうくつ》に落とされたような。

実感を伴わない浮遊感と、微《かす》かな頭痛。

目が覚めた時、消毒薬のにおいがした。白い壁と白い天井。

それから、春の香り。

林檎《りんご》だ。

しゃく、しゃく、しゃくという規則正しい音は、果実の皮を剝《む》く音だった。

ベッドに足を向けて椅子《いす》に腰掛ける女の子が、膝《ひざ》の上に皿を載せて、小さなナイフで器用に林檎を剝いている。

ひとつながりの螺旋《らせん》を描く瑞々《みずみず》しい皮が、少しずつ、少しずつ下降してゆく。

ぽかんと眺めているうち、林檎のてっぺんまで皮が剝け、長い皮はするりと皿に落ちた。

俺が視線を上げ、彼女の顔を見ると、少女は微笑《ほほえ》んだ。

「こんにちは、ダブルゼロ。私はトリプルゼロです。昨日から意識レベルの上昇が見られたので、そろそろ目覚める頃だと思っていました」

人形に話しかけられたような衝撃だった。俺は慌てて辺りを見回した。

病院の個室と思《おぼ》しき殺風景な部屋で、俺はベッドに寝かされていた。白いパジャマ。べッドの前にある、洗面台の鏡に映る俺の顔。茶色の髪に、灰色がかった茶色の瞳。

「ダブルゼロ……？」

「あなたの名前です。何か覚えていますか」

「…………」

ゴドンゴドンと波打っていた俺のベッドは、彼女がスイッチを押すと平面に戻った。床ずれ防止用の電動ベッドだ。長期入院する人間が、こういうものを使うと聞いたことがある気がする。でもいつどこで聞いたのか——わからない。記憶が遠い。窓から差す光の具合からして、今は正午少し前くらいだろうか。晴れている。珍しい、と思った自分を不思議に思った。

枕元の椅子に掛けた少女は、丸襟《まるえり》の白いワンピースを着ていた。陶器《とうき》人形のような、クラシックな雰囲気の美少女だ。俺は林檎を摑もうとしたが、途中でバランスを崩してしまった。ベッドの上で前のめりになると、彼女が手を伸ばしてくれた。

指先が触れ合う。

それだけなのに、不思議な感慨《かんがい》があった。

飽かず見つめ返していると、彼女はふと口元を綻《ほころ》ばせた。

「意識ははっきりしているようですね」

「……ここ、どこだ？　病院か？」

「私たちはシドニー市内の病院にいます」

「シドニー？」

「オセアニア合衆国です。オーストラリア」

オーストラリア。

どうしてここにいるのかわからない。

どこから俺がやってきたのかと考えても、何も浮かんでこない。

病室から見える外の景色は、常夏の島のようだった。紺碧《こんぺき》の海に日差しが降り注いでいる。水面すれすれを白い鳥の群れが滑空《かっくう》してゆく。光を反射して輝く翼がまぶしくて、俺は思わず腕で顔をかばった。

自分の腕が重い。

何だ、この粘《ねば》りつくような重さは。

慌てて両手をひっくり返し、足も動かせることを確認していると、少女は俺を諌《いさ》めた。

「ダブルゼロ、落ち着いて聞いてください。あなたはとても長い間眠っていました。急激な運動はいけません」

「とても長い間って、どのくらいだ」

「一年と少しです。正確には一年三カ月と二十日ほど」

うっかり寝坊した――という期間ではない。

「栄養投与用のチューブやカテーテルは、既に除去されています。ナノマシン治療によって臓器も正常に機能していることが確認済みです。林檎程度なら、食べても平気だそうですよ」

呆然《ぼうぜん》とする俺を見越していたように、女の子は淡々と言葉を続けた。同じくらいの年格好だろうか。黒水晶のような瞳が、じっと俺を見ている。俺が昔とても大切にしていたものによく似ている気がするのに、思い出せない。記憶が遠い。ピントのぼけた写真のように、何が映っているのかさえ見当がつかない。

「……あんたは、病院の人か？」

「私も入院患者です。あなたと同時期に入院し、あなたより少しだけ早く目覚めました。お知らせしたいことがあったので、丸一日ほどここで、あなたが目覚めるのを待っていました」

「何だよ、知らせたいことって」

「ジャバウォック時間遡行《そこう》会社を覚えていますか。所在地は欧州連合のあるパリです」

「時間遡行………ああ、覚えてるよ。俺、そこの社員だ」

「倒産しました」

一言のあとは、耳に痛い沈黙だった。

カーテンの向こうから差し込む昼の光の音さえ聞こえそうな、静寂。

「……嘘《うそ》だろ」

「本当です」

「マジかよ」

「マジです」

「……その顔で『マジ』とか言うんだな」

トリプルゼロという少女は、何だか侮辱《ぶじょく》されたとでも言いたげな顔をした。ごめんと俺が謝ると、いいんですと首を横に振った。思いのほか素直な性格らしい。『思いのほか』？　彼女に似ている俺の昔の知り合いは、もっと頑固《がんこ》だったということか？

わからない。思い出せない。何もかも。

「……あんたとは、はじめまして……なのかな？」

「わかりません。何しろ記憶が曖昧《あいまい》なので」

「嫌な偶然だね、俺もだよ。倒産って……どうして。俺の仕事はどうなってるんだ。やりかけだったような気がするのに。何かが、やりかけのまま……」

「会社の機材は全て差し押さえられ、会社の回復室に入っていた私たちは、国連の支援する慈善病院に引き取られました。詳しいことは一年前の新聞をどうぞ」

トリプルゼロは俺に一面だけの新聞を差し出した。これが一年前だというのなら、今日は二一〇〇年ということになる。日付は五月二二日。五月二二日、という文字列が、俺の目玉を貫《つらぬ》いて脳みそに突き刺さるような刺激を与えた。頭が痛い。額の内側で炎が燃えているようだ。新聞を取り落とすと、トリプルゼロが拾ってくれた。

「大丈夫ですか。先生を呼びますか」

「……大丈夫みたいだ。もう治まった……」

俺は再び紙面に眼を落とした。

「『パリ、二大宝飾品会社、機密文書を開示』『経済的時限爆弾』……『現代によみがえる二百五十年前の請求書』……？　何だこれ」

「一九世紀に作成された、ある種の機密文書が開示されたというニュースです。当時の人間の意向で、二〇九九年の三月以降に開示するようにというオーダーがついていたそうです」

「一九世紀の人間にそんな酔狂《すいきょう》ないたずらをする奴《やつ》がいたってのか？　遡行者がやったんじゃねえの」

「それはどうでしょう。『過去も未来も、現在にしか存在しない』という法則からは外れます。現在の時間軸で生きている人間が、過去の世界で何かを行っても、未来に干渉《かんしょう》することは不可能なはずです」

「それ、お前自分で試してみたのか？」

「え？」

「あ、いや……何だろう……変なこと言っちまったな。悪い」

「いえ」

新聞には、捜査当局の車に乗せられる、年齢不詳の社長——だと書かれている。顔に見覚えはない。変な話だ、社員だったはずなのに——の後ろ姿と、冬のつぼみというタマゴ型の宝飾品の設計図が、写真で掲載されていた。生クリームで白く覆ったケーキのような土台に、ダイヤモンドをぶすぶす刺して、仕上げに銀細工の椿《つばき》の花を飾って、金の台座に据《す》え付けたら出来上がりである。

緻密な職人芸によって、一八四三年から一八四六年の間に作成されたものであるという。

「うん？　一八四三年から……？」

「場合によっては、最古のインペリアル・イースターエッグと呼ぶことができるかもしれない、と書かれています」

「あれって一九〇〇年くらいに、ロシアの王朝が身内のプレゼント用に工房で造らせたものだろう。何でそれが半世紀前のパリで造られてるんだ」

「よくそんなことをご存知ですね」

「……何となく覚えてるけど……どうしてだろうな。自分の名前も思い出せないのに」

「あなたの名前はダブルゼロだと聞いています」

「あんまり実感ないんだ。あんたは？　トリプルゼロ」

「…………残念ながら右に同じです。私もほとんどの記憶を失った状態で目覚めました」

作成にかかる費用と、装飾用のダイヤモンド四十八個は、匿名《とくめい》の大金持ちから納品されたそうだが、そこに奇妙なオプションがついた。

エッグの設計図および、とある機密文書を、規定の年代日時まで最高の保存状態で維持すること、その保存にかかる費用と、エッグの作成に使われた残りの代金は、ジャバウォック時間遡行会社に請求すること――

「ありえねえ。二百五十年前にジャバウォック社があったはずがない。遡行者の仕業だよ」

「社説でもそう推測されています。紙面では公《おおやけ》にされていませんが、保存されていた告発文書によって、私たちの会社の非人道的行為が明らかになったそうです。金銭的な負担は正当性のないものとして退《しりぞ》けたそうですが、社会的信用が著《いちじる》しく損なわれたため、結果として倒産しました。関係者は逮捕され、時間遡行機は大手企業に引き取られたそうです」

「ビンゴじゃねーか。内部告発ってやつだよ」

「国際警察はタイムコンダクターを総動員して捜査にあたっているそうですが、いずれにせよ時効ですので、刑事罰が科される可能性は低いそうです。新しい法律の制定に向けて、国連が動き始めたとか、何とか」

「泥縄《どろなわ》ってやつだな。ところで俺たちに失業手当って出てる？」

「いいえ。もっと言うなら、私には職務中の記憶もありません」

「腹が立つなあ。俺もだけどさ。『非人道的な行為』ってのは、これに関係してるのか？」

「可能性はあります」

ぼやいても仕方ありませんとトリプルゼロは呟《つぶや》いた。何となく非難がましい響きに、同類のにおいがした。

「経済的時限爆弾って、面白い表現だな。『モンテ・クリスト伯』みたいだ。この新聞、連載小説ついてないのか？」

「『モンテ・クリスト伯』？」

「昔の小説だよ。友達に陥《おとしい》れられた男が、何年も牢屋に閉じ込められたあとにやりかえす話で……どうしてそんなこと聞くんだ？」

「どうしてって………どうしてでしょう。ところで、わかっていただけたと思いますが、私たちは仕事を失いました」

「泥棒が失業か。どこの時代で、何を盗んでたんだかな。あんた、覚えてる？」

「いいえ。会社の機密文書は、破産前に捨てられてしまったそうですが、主にパリとサンクトペテルブルクの座標を持っていたという話ですので、私たちもいずれかの場所へ赴《おもむ》いていたのかもしれません」

「俺は酷《ひど》い頭痛と、夜の河だけ覚えてるよ。あとは……」

思い出そうとすると、綿あめ状態の頭がズキンと痛んだ。過去を手探りするのは、スカスカの綿に、少しずつ質量を与えてゆく作業のようだ。でも遠くに見える影が、恐ろしい。あまりにも巨大で、あれを全部受け入れたら今度は頭がパンクしてしまいそうな気がする。おかしな話だ。

普通に持っていたはずのものを取り戻すのが、どうして怖いんだ？

悪いことは言わないから見ない方がいいと、スカスカの頭が主張する。思い出さない方がいい記憶もあることは、今の手持ちの記憶でも十分想像できる——川のほとりで金属片を拾っていたことと、会社に拾われたことだけは思い出せた。それにしてもあまり愉快《ゆかい》な記憶じゃない。

他にもっと、不愉快な記憶が眠っているのだろうか。

蜂《はち》の巣をつくような真似《まね》は、しない方がいいのか。

「どうしました？」

トリプルゼロという、耳馴染《なじ》みのない名の少女は、軽く首をかしげた。途端。

ぽん——と。

池の中に石が落ちて、着底したように、俺の頭は一つの記憶を呼び出した。

とても心地よい記憶を。

「……思い出した」

「何をです」

「うまいものを、お気に入りのレストランで食った……お気に入りの店で、何度も……」

向かいのテーブルに、誰かいたような気がする。

だが顔立ちは、深い霧の中に隠されている。まるでわからない。

「……食事が……うまかった。泣きそうなほど……」

けだるげな表情を見せる黒髪の女の姿が、ほんの一瞬、何か別の面影にかぶって見えた。

白いパジャマではなく、白いドレスの——もっと髪の長い——

トリプルゼロ？

違う。そんな名前じゃなかった。

「あんたの名前、本当に、その……『ゼロ三つ』？」

「医師からそう伝えられました。あなたは『ゼロ二つ』だそうです。確かにそう記録されていたと。記憶障害は、非人道的な扱いを受けていた所為《せい》だろうと話していましたが、もしかしたらこの名前も、その一環だったのかもしれません」

「非人道的扱いって、どんな扱いだよ」

「私たちは未成年なので、まだ詳しくは話せないそうです」

「自分のことだってのに。まあ、本当にこの名前で呼ばれてたなら、病院で勝手に名付けられるよりは、ましか」

「プラス思考ですね」

ゼロ三つの女は笑った。俺と、俺の記憶を繋ぐ、恐らくは唯一の存在。

どうしてだろう。

「あんたの声、落ち着くよ」

トリプルゼロは、胸をつかれたような顔をした。ふと見せるあどけない表情に、俺はたまらない懐かしさを感じた。

「私も何故か、あなたの声に安らぎます」

「……多分、お互い、初対面じゃないよな」

「申し訳ありません、わからないんです。記憶が曖昧で」

「そりゃお互いさまだろ」

「会社の回復室から、こちらの施設に搬送された時には、私たちは二人とも昏睡《こんすい》状態だったそうです。私は何らかの疾患《しっかん》を患《わずら》っていたそうですが、今は完治しています」

喉《のど》の奥が泡立つ。血を吐く感触。どろりとした熱い液体。

何十回もの葬儀《そうぎ》と土葬。

えずいて口元を押さえると、トリプルゼロは俺の体を抱き留めてくれた。

「どうしました、大丈夫ですか」

「……あんた、病気、治ったのか……よかったな」

「ありがとうございます」

「治ったんだ……そうか……そうかあ……」

「どうして泣くのですか」

「いや、わかんねえ。全然わかんねえんだけど……」

「情緒不安定になっているのですね。薬を飲みますか」

どうぞ、と差し出されたのは、銀紙のシートに包まれたカプセル錠だった。異様にでかい。親指の先くらいある。飲みこめるのか。というか何の薬だこれ。

俺の疑問を先回りしたように、トリプルゼロは淡々と教えてくれた。

「担当の医師からあなたに処方された薬です。預かっていただけです。あなたのような混乱状態になる時、私も同じものを飲んでいます。何らかの条件付けを解くのに有効だそうです。安定剤のようなものだと思ってほしい、と」

「ヤバそうだな。条件付け？」

「詳しくは説明してもらえませんでしたが、『非人道的』の件と関わっているそうです」

「へえ……」

俺はとりあえずカプセルを銀紙から取り出し、手始めにきゅぽんと抜いてみた。中には粉薬が入っている。指先でざりざり潰してみても、ただの粉だ。発信機が入っていたら困るなという考えが頭のどこから出てきたのかわからないが、昔の俺は反射的にそういうことを考える仕事をしていたのだろう。ものを盗むのが職業だったのだから、そのくらいは当たり前なのかもしれない。

「カプセルに戻して飲んだ方がいいです。非常に苦いので」

「……あんた、いつこの薬を飲んだ？」

「私ですか？　初めてあなたの顔を見た時に。何故か涙が出てきたので」

「うーん……」

俺たちはにらめっこをするように、互いの顔を見つめ合った。眺めていれば正解が浮かび上がってくることを期待していた。が、そうそううまくも運ばなかった。トリプルゼロは呆《あき》れまじりに笑った。

「駄目ですね」

「医者に聞いてみようぜ。仕事の記録とか、ある程度は残ってたんじゃないのか」

「私も権利に基づく説明を要求しましたが、何だか可哀《かわい》そうな顔で『君は子どもっぽくないね』と言われました」

「そこは同感だよ。熟練の仕事人って感じだぜ。他には？　ここに入院してる元泥棒はいないのか？」

「ナンバーズと呼ばれていた、ジャバウォック社の元社員は、どうやら私たちだけのようです」

「他の奴らはよその病院に行ったのかな」

「いえ」

本当に二人しかいなかったそうです、という声が、いやに大きく響いた。

二人だけ？

そんなはずはない。

もっとたくさんの仲間が、机と椅子のある教室で——

頭が痛い。

耐えきれなくなって俺は薬を飲んだ。胃袋は健康そのものであるようだったので、彼女の剝いてくれた林檎を二人で食べた。うまかった。寝ていた方がいいですよとトリプルゼロは言ったが、俺は立って動くことにした。このまま寝ていたら床ずれ防止用ベッドのローラーで尻がおかしくなりそうだ。

覚束ない足取りで、よろよろ歩いてゆく俺を、トリプルゼロは丁寧に先導してくれた。目覚めたのは二日前だというのにしっかりしている。何だかこんなことが昔にもあったような気がする。

病院のサンルームには、安楽椅子が並んでいた。白髪《はくはつ》のじじばばが日向ぼっこをしたり、テレビを観たりしていた。『非常口』と書かれた扉の近くに、子どもくらいの背丈の箱があって、上にクリスマス飾りの突っ込まれた段ボール箱が載っている。

「……老人ホームか？　子どもはいないのかな」

「察するに一番安い施設に入れられたのではないかと」

俺たち二人の姿を見つけると、部屋の中では俺たちの次に若そうな看護師が、まあまあと叫びながら寄ってきた。白いナースシューズが派手な音を立てる。

「あんたたち二人とも、もう起き上がっていいのかい」

くせのある英語だが、理解できる。少なくとも俺の頭の語学の部分はボケていないらしい。担当の看護師さんです、とトリプルゼロが紹介してくれた。見覚えのない顔だったが、何となく喋《しゃべ》り方が昔の知り合いに似ているような気がする。奇妙な感覚だ。何もかもが覚束ないのに、何もかもが引っかかる。

「大変だったねえ、ここは国連の端っこの施設だから貧乏だけど、体がよくなるまではゆっくりしていっていいんだよ」

「ありがとうございます。仕事はありますか」

「まだ十八だろう！　ここは欧州じゃないんだよ。働くことなんてあとで考えな。特にそっちの男の子、まだ自分の力じゃ食事もできないんだから、安静にしてな」

「じゃ、気つけにホットパンチ一杯。赤ワインにスパイスたっぷり」

「冗談じゃないよ！　オートミールから始めるんだね！」

ぷりぷりしながら去ってゆく人影が、やっぱり誰かに似ているような気がする。他人の空似か、昔の俺が本当にあの人と知り合いだったのか、後者の可能性は低そうだ。

「宙ぶらりんはつらいぜ」

「そのうち何か思い出すかもしれません。そこに座っていてください」

何だろうと思っているうちに、トリプルゼロは部屋の端にあった箱を引きずってきた。キャスターがついている。

何かの楽器のようだ。

ふう、ふう、と肩で息をする様子からして、彼女の健康状態も、どうやら俺と大差ないらしい。隣で手伝い始めると、彼女は慌てた。

「大丈夫ですか」

「あんたこそ無茶するなって」

ダンボール箱を下ろし、なるべく埃《ほこり》が立たないように覆いを取ると、アップライトピアノが姿を現した。ニスでつやつや黒光りしている。トリプルゼロは椅子を持ってきて、俺にピアノの前に座るよう促した。

「……音楽が好きなのか？」

「私の名前はトリプルゼロ、歌が得意だったそうです。あなたの名前はダブルゼロ、ピアノが得意だったそうです。私が開示してもらえた情報はそれだけです。ピアノの音を聞いたら、何か思い出すかもしれませんよ」

ピアノが得意——なるほど。頭の中の綿あめの一部が、ぽんと音を立てて塊《かたまり》に変わった。

「そう言われると、そんな気がするよ。学校でよく弾いたかもしれない」

「学校のことは、私も少し記憶しています」

「歴史の授業と、音楽の授業しか思い出せないな……ああ、指バッキバキだ。何か弾けるといいんだけどな」

さっきの看護師が、のっしのっしという音が聞こえそうな歩調でやってきた。俺は何となくこの人が苦手だ。百フラン払わなければいけないような気がする。百フラン？　フランって通貨単位か？　ネオユーロでもドルでもなく？

「すみません、迷惑になるならやめときます」

「好きにおし。デイケアの人の迷惑にならなけりゃいいよ。それより可愛《かわい》いお二人さん、あんたたちのお国の新聞だよ。見なよ、今日の新聞にも変な電報が入ってたんだから」

「電報？　電報って何だ？」

「通信欄《らん》のことさね」

ほらこれ、と看護師は今日の日付の新聞を差し出した。一面記事は北国の政治家の汚職だ。賄賂《わいろ》に宝飾品を使っていたとか何とか、雲の上の人々の話である。

わら半紙の塊を受け取ったトリプルゼロは、一礼し、律儀《りちぎ》に隅から読み始めた。

「読み終わったらラックに戻してくれりゃいいからね。あんたたちの会社絡みの一件だってさ。『開示された機密文書』の中には、この電報を全ての国の主要紙に、何年だか知らないけれど継続的に打つようにって指令も入ってたらしいよ。こりゃますます時間犯罪だね」

噂《うわさ》好きの世話焼きと思しき看護師は、うひゃひゃと笑いながら去っていった。機密文書ねえ。俺の知ったことではない。ともかくピアノは弾いてもいいらしい。

俺は試しに、人差し指を鍵盤に載せた。ラの音。覚えている。あんまり調律されていないらしいということもわかった。やっぱり過去の俺は、それなりにピアノが弾けたのだろう。

ラソファミレドシラ、と弾く。

この音は好きだ。

でも何も思い出せない。

楽器ひとつで、そう都合よく思い出せるものでもないか。

「誇りに思うよ」

「え？」

「あ……？　今のは俺が言ったのか？」

誇りに思うよ？　何を？

俺の指は相変わらずピアノの鍵盤を離れなかった。何故だろう、指を離してはいけない気がする。気がするだけで、理由はまるでわからない。幽霊になったような気分だ。

「よくやるよなあ。うちの会社は潰れて、『時を超えた請求』は通らなかったんだろう?」

「創業者からの遺言《ゆいごん》だそうですので、会社としての意地があるのでは」

俺は適当に、鍵盤の上に指を滑らせた。空腹はあまり感じない。すっからかんの頭が主張する、記憶の飢《う》えの方が強いのだろう。俺はピアノが得意だったらしい。ドレミファソラシドを何オクターブもえんえん奏でてゆく。指の練習をしていると、サンルームのうち何人かがこっちを向いた。迷惑だったらやめます、と視線を送ると、何だか微笑《ほほえ》ましい顔をされた。孫か何かだと思われているのだろうか。

トリプルゼロは、新聞を持ったまま棒のように立っていた。

「何かリクエストある?　弾けるかどうかわからないけど」

「……ッ卜…………ンジ…………ジーザスだわ」

「ん、何?」

「……通信欄」

トリプルゼロは、譜面台に二つ折りにした新聞を置いた。下四分の一が通信欄になっている。

　ここ、と細い指が示した場所に。

「『クイーンビーZ・ロマン派アレンジ』」

　俺の頭の中の綿あめは、ポップコーンのように弾けた。

めまいがした。壮絶な質量をもつアスファルトの塊を、頭の中に詰め込まれたようだ。

ワインが欲しい。ブルゴーニュなんて我儘《わがまま》は言わないから、ワインが——トルトニの肉は本当にうまかった——あの部屋にあったピアノはどこの誰が競《せ》り落としたんだっけ。俺はあれで一度は彼女の葬送曲《そうそうきょく》を弾いたのだ——何回目のことだったのだろう？

　俺は十本の指で鍵盤を叩《たた》いた。

　最初は波のようなアルペジオからだ。凝《こ》り固まった指は思うように動かないので、所々不協和音になるが、旋律《せんりつ》はよく覚えている。自分自身で弾き、向かいのアパルトマンから聞き、それ以外の場所からも何十回と聞いた曲だ。

　俺は彼女の顔を見て、にやりと笑った。

「じゃ、景気づけに、弾くか」

「歌えるわ」

「マジか」

「マジよ」

「アニメソングだぞ」

「あなた自分が音痴《おんち》だってことまで忘れたの？」

ダダダ、ダダダダー、という擬音《ぎおん》から歌が始まった時、俺は初めて自分が子どもの姿をしていてよかったと思った。サンルーム中の視線が集まるが知ったことじゃない。アレンジしたとはいえ、どうせ三分程度で終わってしまう曲なのだ。オクターブに開いた両手で、俺はひたすら打鍵《だけん》した。鍵盤から鍵盤へ指は跳躍し、和音には余韻《よいん》をもたせ、音階を華やかに彩《いろど》る。ペダルのレガートを忘れずに。指先から生み出されるのは、きらめく音の洪水だ。

声は掠《かす》れて、ほとんど歌にはならなかったが、俺は歌い続けた。

これは勝利の叫びだ。

つよいぞ、われらの、クイーンビー・ゼーット、まで歌い切り、最後に右手で鍵盤を二往復させると、俺たちは肩で息をしていた。

体は重い。だが視界を覆っていた霧は晴れた。

「……おかえり、アンヌマリー」

「あなたこそ。おかえりなさい、リュカ」

抱き合って、控えめに涙する俺たちの所に、遠くから看護師が薬を持って走ってきた。

ショパンが晩年を過ごしたヴァンドーム広場は、ジャバウォック社が間借りしていた美術館の跡地と、俺たちの散歩の目的地との、ほぼ中間地点に位置している。店の顔ぶれは幾らか変わっているが、高級宝石店が軒《のき》を連ねているのは二百五十年前から変わらない。かつてこの場所に店を開くことが、世界最高の誇りであった時代の名残を留めつつ、門扉《もんぴ》は銃を構えた大量の警備員が守っている。

今の俺たちには無縁の場所だ。

ローマ皇帝のコスプレ姿で、円柱の上でポーズをとるナポレオンを仰《あお》ぎ見ながら、さらに南東へと歩を進める。

椿姫がパリを去ってからほどなく起工された、一九世紀建築の粋《すい》ガルニエ宮は、半世紀前の爆撃でエッフェル塔ともどもクレーターと化している。過去を忍ぶ様子もなく、ひたすら写真をとりまくる観光客を素通りして、俺たちはさらに歩いた。

クレーターに背を向け、サントノーレ通り、リヴォリ通りを抜け。

セヴィニエ通りに出る。

「まったく、変わったんだか変わってねえんだか」

「戦争の前に比べれば、幾らかあの頃に近くなっているかもしれないわね。背の高い建築物はないし。古い建物も消えてしまったのは残念だけど」

古い友人に会えないことを惜しむように、彼女——アンヌマリーは言った。サングラスをかけているのは俺も同じだ。

オーストラリアの南、アデレードに本部を持つ国連機構の児童保護部門に、十八歳まで保護されていた俺たちは、やがて家を持つことを許された。そして許可が下りた当日、二人揃って逃亡した。

世界で最も放射能汚染の進んでいない土地から、この世の辺境欧州連合へと逃げ出す人間は、人々が思うほど少なくはないらしい。社会奉仕活動の合間にせっせと貯《た》めた小金でも、二人分の偽造身分証明書を用立ててお釣りが来た。オセアニアドルが世界で一番強い通貨であることも、もちろん無関係ではないだろう。

「あのまま国連のお世話になっているのも、悪くなかったのではない？」

「お前ならどうした」

「逃げたわ」

「だろ」

　何度も時間遡行とループを繰り返したことを、医者は忘れさせておきたかったようだが、思い出してしまったものはどうしようもない。

　俺とアンヌマリー＝フォースは、特殊な時間遡行体験者という、脳科学研究上の貴重なサンプルとして監視されていた。経済的不安のない、安住の地での首輪付きの自由。ありがたいことだ。謹《つつし》んでお断りした。

　密航した貨物機の中で、別々に生活してもいいのよとアンヌマリーは言ったが、俺は聞こえなかったふりをした。

　まだ最後の仕上げが残っている。

　二二世紀のセヴィニエ通りは売人の街である。かつての貴族の邸宅跡地は、幾らか稼ぎのいい大人たちの縄張りになっていて、ゴミ拾いのガキどもの入り込めるような場所ではない。根回しもせずにやってきた人間が、無事帰れる場所でもない。とはいえ金さえ払えば、ある程度話の通じる奴らの街ではある。

「間違いないんでしょうね」

「俺は交渉の天才だぜ？　あと三十分は手榴弾《しゅりゅうだん》が炸裂《さくれつ》してもお咎《とが》めなしさ」

「そういう意味じゃないわよ、うぬぼれやさん。貸しなさい」

アンヌマリーは俺が運んできたスコップをひったくり、足元の石畳《いしだたみ》に視線を巡らせた。

ここだと俺が足元を指さすと、こくりと頷《うなず》いて、頭上にふりかざす。ハンマーのように振り下ろすと、耳の奥に突き刺さるような音がした。古い石に罅《ひび》が入る。アンヌマリーは今度は丁寧に、割れ目にスコップを突きいれた。活動的なパンツルックも相まって、何とも颯爽《さっそう》とした壊し屋である。

「お前も本当に元気になったよな」

「心配性は相変わらずね」

一変してしまったダンタン通りとは対照的に、セヴィニエ通りは昔のままだ。住人が高級住宅街の主から、不法占拠《せんきょ》の貧乏人や麻薬の売人に変わっただけで、石畳すら変わっていない。

一九世紀の終盤に、花の都と呼ばれていたこの街は大規模な都市改造を受けた。が、その時既に石畳が敷き詰められていたこの場所には、改造前のままの部分も少なくない。一八四三年の石畳の下には、深く泥が眠っている。かつて走っていた地下鉄の路線からもギリギリで逸れた。

ピンポイントでこの場所だけ石畳が古めかしいことは、このあたりでゴミを探した経験のある人間なら、誰でも知っていることだ。気に掛ける機会があるかどうかは別として。

一つだけ色が違う古い石畳をひっぺがした時、奇妙な感覚に襲われた。同じことをまたやっている——という既視感《きしかん》。めまい。頭痛と吐き気のセット。もう慣れたものだ。

カチン、と硬いものにシャベルが当たった。箱だ。あの時代で可能な限り腐敗防止処理を施した、鉄の箱。

「大丈夫かしら。監視の気配は感じないけれど、住民に怪しまれたくないわ」

「だったら余計に慌てない方がいい。いよっこら、せっと！」

軍手を脱いで泥をとりのけ、石畳に腹ばいになって箱をとりあげる。外箱がボロリと崩れ落ちた。やれやれ。『砲弾の直撃を受けても崩れそうにない頑健《がんけん》さ』というのが、売り口上だったはずなのに。

まあいい。二百五十年もってくれただけで上出来だ。

「……本当にそれなの」

「埋めた本人が言うんだ、間違いない」

俺はボロボロになった鉄箱を、用心深くリュックサックに背負うと、パズルを元に戻すように石畳の穴を塞いで、元来た道をのんびりと戻った。

俺たちの新しいパリの家は、モンマルトルの墓地に程近い、そこそこ平和な区画だった。川から離れるだけで随分治安は変わる。テーマパークのような墓地を見下ろす、おんぼろマンションの三階には、発電機もあったし水道も通っていた。身分などもちろん問われない。決め手になったのはピアノがあったことである。

パリに戻ってきた俺たちは、ベースキャンプを定めると、真っ先に墓地へ向かった。

マリー・デュプレシの墓は、果たして存在した。

だが台座に設えられた、小さな肖像画の顔立ちは、俺が第三会議室で見せられた画像とは微妙に異なっていた。

椿姫ここに眠る、という墓碑《ぼひ》に、俺たちは薔薇《ばら》の花を供え、しばらく膝を折り、感謝の祈りを捧《ささ》げた。あの場所にはこれからもちょくちょく出かけるだろう。

未来から過去に介入することはできない。

法則を発見したピンパーネル氏には申し訳ないが、法則は『心配ないさの呪文』に過ぎなかったとお伝えするほかない。死を待つばかりであった女主人の失踪《しっそう》後、新生椿姫となったローズは一体どんな生涯を送ったのだろうか。

過去に介入するのは不可能なのだ。だが記念品を一つ二つ持ち帰ることはできる――と。

あの頃の俺は信じていたが、では記念品を持ち帰ることで歴史を変えてしまうことにな

ると は思わなかったのだろうか？

加湿器とオイルヒーターで、湿度と温度を整えた部屋の真ん中に、俺とアンヌマリーは鉄の箱を置いた。『出土品』が急激な外気の変化で崩れないよう、出立前から準備は万端だ。

紙のようになってしまった箱を、俺はピンセットで用心深く五層はがし、最後に布でくるまれたまるい品物に辿りつくと、ほっと溜息をついた。

M・Dの縫《ぬ》い取りの入ったハンカチは、ほとんど真っ黒だったが、『それ』に触れていた場所だけ、微かに色を残していた。

布の中から出てきた輝きに、俺は目を細めた。

「インペリアル・イースターエッグ、冬のつぼみ——の、本物」

「『ダイヤ以外』ね」

「ダイヤ以外な」

一八四三年、数十回のループを繰り返した俺が、アンヌマリーからエッグを受け取り、真っ先に向かったのはヴァンドーム広場だった。ナポレオンの円柱を囲むように、世界最高峰の宝石加工技術を持つ店が集まる大広場である。

無論、閉店時間をとうに過ぎた深夜だったが、俺が目をつけていた店の上の家にはまだ人間がいた。昔の商店のいいところだ。今も当時と変わらない店構えで、半ば廃墟《はいきょ》と化したパリに居残り続ける優等生でもある。

アンヌマリーに借りた超一級の衣服と、舞踏会用の仮面に身を包んだ俺を、店の主は渋々、しかし丁寧に招き入れてくれた。そして店内の奥まった部屋で、秘宝――と呼ぶしかない天下一品の宝石卵に目を丸くした。

これと同じものを、完璧にもう一つ作れるかと。

白い仮面をつけた俺が依頼すると、店主は穏やかに、これをどこで手に入れたのか、あなたは何者であるのかと、あくまで慇懃《いんぎん》に俺に尋ねた。こういう時には授業でならった詐《さ》欺《ぎ》と法螺《ほら》が役に立つ。

自分は北方からやってきたさる皇族の使いである。これはとある貴人への贈り物であるが、さるよんどころない事情によって、どうしても同じものがもう一つ必要になってしまった。とある身分の正しい貴婦人の名誉にかかわるため、二つの卵は絶対に同じものでなければならない、ダイヤモンドは新品に移して構わない。期日までに仕上がらなければ、パリの技術は世界一とはもはや名乗れないであろう――

大体そんなことを北国訛《なま》りの言葉で告げ、金貨と札びらで頬《ほお》をはたくようにして煽《あお》り立てた俺は、どうにかこうにか半世紀分の時間を先取りしていただくことに成功した。

インペリアル・イースターエッグは世界に誇るロシアの秘宝だが、電子機器や化学繊維はどこにも使われていない。

一九〇六年の技術でできたことが、一八四三年にできないとは限らない。

アンヌマリーの手の中に戻ったエッグは、本物の生みたての卵のように愛らしく見えた。彼女の作るオムレツは、少し味が薄いが、おいしい。

「な。うまくいったろ」

「……本当に残っているとは思わなかったわ」

「正直、お前が帰ってくるところまでは、絶対に自信があったんだ。会社にとっても不利益にはならないだろうし、お前の鏡があることも予想はしてたし」

「だからって本物のエッグのコピーを作らせることに、意味があったとは思えないわ」

「コピーを作るんじゃなく、本物を渡さないことに意味があったんだよ。勤め先が盗み出した品物を美術館に収めるような殊勝《しゆしよう》な会社じゃないなら尚更《なおさら》な」

「私たちも人のことを言えないと思うけれどね」

「泥棒の意地ってやつだよ」

マーカーと呼ばれる発信機をつけたダイヤモンドを、四十数粒移植してもらった偽《にせ》のエッグは、見事アリスの鏡を通り抜け、温かい手を手繰《たぐ》りよせてくれた。

会社ではご法度とされている『紙』に、今までの俺たちの盗みの経歴、繰り返しのループ、その副作用、ロストした仲間たちのこと、ありとあらゆることを、米粒に写経する熱心な仏教徒のように書き連ね、俺は美しい時限爆弾を宝石商の手にゆだねた。暗示が効いている会社の人間ならば、頭痛と吐き気で絶対にできないことだったろうが、伊達《だて》に何年も時間を重ねたわけではない。

随分わけありですなと笑う店主は、それでも情報は漏らさなかったようだった。なるほど、長年繁盛する老舗《しにせ》は、決して顧客の信用を蔑《ないがし》ろにはしないらしい。

新しいダイヤモンドを飾りつけた、本物のインペリアル・イースターエッグは、腐敗防止処理を施した保存箱と共に、金を支払った俺の手元に残った。

そして俺はその箱を、馴染みの場所に埋め、掘り出した。

およそ二百五十年後に。

彼女と共に。

「それで、どうするつもり？　闇《やみ》市に売って一攫千金《いっかくせんきん》？　それとも美術館に寄付？」

「泥棒が盗み出したものは、盗んだ本人のものだと思わないか？」

怪訝《けげん》な顔をしたアンヌマリーに、俺はとびきりの顔でウインクしてみせた。

十秒か、二十秒、しらけた沈黙があった。彼女は予想通り期待はずれな顔で、俺の思っていた通りの言葉を返した。

「……私、美術品は好きだけれど、そこまで執着心はないのよ。何よりこれを手に入れるために、何十回自分が工房に潜りこんで殺されかけたかを思い出すと、手元で愛《め》でたいとは思えないの。あなたが持っていてくれないかしら」

「じゃ、こいつは俺の思い出の品物として、ありがたくいただくよ。中身だけで我慢してくれ」

「中身？」

このエッグが冬のつぼみと呼ばれるのには理由がある。

小さな歯車仕掛けのからくりで、大理石の卵が開く仕掛けが施されているのだ。中は空洞なので、ちょっとした金庫のようなものだ。

俺は金色の脚を、時計回りにゆっくりと回転させた。壊れないよう慎重に。

雪に覆われた花が開くように、エッグが天頂から八つに割れ、外側に開いてゆく。

出現したのは、小さな赤い布袋だった。こちらはあまり外気に触れなかった所為だろう、まだきちんと布の形を保っている。俺はビニール手袋を外し、巾着《きんちゃく》の口を開けた。

「これは何？」

「あー……指輪……」

「指輪？」

俺は右手の先に、小さなリングを差し出した。

淡い桃色のダイヤモンドが一つ、付いている。椿の花びらの形に広げてもらった金細工は、今でもしっかりとなだらかな曲線を保っている。

あの時代、マリー＝フォースの体を飾っていた大粒のルビーやエメラルドの宝飾品とは比べるべくもないし、そんな余分な金はどこにもなかったが、大きな仕事を依頼しているのだからついでに、と店主を拝み倒して、作ってもらったアクセサリーだった。

「こいつはお前から借りた金で買ったんじゃないぞ。ちゃんと俺が、俺のやり方で、手に入れたんだ」

「……これは会社の品じゃないわね」

「ただのお買いものだよ。どう転んでも、戻ってきたらこんなもの買えないのはわかってたからな」

ジャバウォック社のやり口からして、記憶を消されることは確定していたが、記憶が戻るかどうかは賭《か》けだった。大きな手がかりになってくれたのは、『誇りに思う』という言葉と、『主よ御許《みもと》に近づかん』のメロディ——つまり音の記憶を消しきれていなかったことだ。

聴覚の記憶は消されにくいのではないか。

加えて、『学校教育』の記憶は、意図的に消し去っていないことも助けになった。別の名前で呼び、異なる仕事を立て続けにさせる時でも、一本筋の通った人格として動くために最低限必要な記憶、それもクラス全員が共通体験しているようなどうでもいい記憶までは消し去らないのだろう。朝の食事の風景と『クイーンビーZ』とか。

あれから三年経った今でも、俺はあの曲を覚えている。

子ども向けのアニメなんかに興味ないわというふりをして、そのくせ歌詞はしっかり記憶しながら、硬いパンを食べていた、十歳かそこらのおかっぱ頭の少女の姿も。

「会社のことを思い出させる顔だろうし、お互い頭の中がパンクしそうな者同士、辛気臭いルームメイトになるかもしれないけど——やっぱり俺はお前と一緒にいたいよ」

「私が向こうで何をして生計を立てていたか、忘れたわけじゃないでしょう」

「忘れるか。だから向こうでは一度も、そういう手続きは踏まなかっただろ」

家具も花もアクセサリーも、と俺が指折りすると、アンヌマリーは呆れた。

「私がもう稼げなくなってきた頃に、随分援助してくださった匿名の篤志家《とくしか》がたくさんいると聞いたけれど、あれは」

「知らん。記憶にない。多分一生思い出さん」

そう、とアンヌマリーは微笑んだ。俺はこの顔に弱い。何か言い訳しなければいけないような気分になるが、何も言わなくても彼女は怒らない。曖昧な顔で微笑むだけだ。

「……トルトニの食事は貢物《みつぎもの》の勘定に入れるなよ、俺も食べてたんだからな。いらないならしまっとけ。アンティークジュエリーだから、それこそ金に困ったら売れるだろ。エッグと違ってヤバい品でもないし」

「ヤバいなんて思うならどうして持ち帰ろうなんて考えるの」

「だからそこは、泥棒の、意地だっての」

アンヌマリーは無言で、金色の指輪を撫《な》でた。冬のつぼみによく似た、椿の花をあしらったリングを、白い指でゆっくりと愛でていた。

「……私は一度も、あなたが死ぬのを見たことがない。お葬式に参列したこともない」

「当たり前だろ。普通はそうだ」

「あなたの『普通』は、きっとそうではないでしょう。だから私も、一度くらいは見てみたい。何分の一かは、あなたの悲しみがわかるかもしれない」

「この期に及んで縁起でもないこと言うんじゃねえ！　こっちは真剣に頼んでるんだぞ！　ウィかノンで答えろ！　いや答えてくれ！　違う答えてくださいお願いします」

「ウィ」

短く答えると、アンヌマリーは無言で顔を近づけてきた。

唇は柔らかく、温かく、命の気配がした。

俺が世界で一番愛している相手は、子どものように笑っていた。

「この世界に戻ってきて、何が一番嬉《うれ》しいって、あなたに病気をうつす心配をしなくていいことね」

呆《ほう》けたような一瞬のあと、俺はノルマンディーの切ない思いの理由を、二百五十年目にしてついに悟った。

「……うつるわけねえだろ！　あれはナノマシンが原因だったんだぞ！　本当の結核だったとしてもだ、会社の予防接種で抗体はきちんと入ってたんだよ！」

「でも、確信がなかったもの。怖かったのよ」

怖かったのよと、アンヌマリーは繰り返した。怯《おび》えていたのではなく、確信が持てなかったのだと俺に伝える声だった。後悔はしていないらしい。

俺は小さく深呼吸し、呼吸を整えた。

「……もういい。済んだ話だ」

「そうね。二百五十年も前に」

示し合わせたように、俺たちは笑った。ジャバウォック社の一件以来、時間遡行機の管理は国家権力が行うことになり、『時間泥棒』は特殊なトレーニングを積んだ公務員が政府の要請に応じて行う非営利の仕事になった。このご時世では真偽《しんぎ》のほどは疑わしいが、今度こそ貧乏人の手が出る仕事ではない。ありがたいことだ。

「またピアノを聞かせてね」

アンヌマリーは左手の薬指に指輪をはめた。こういう時、俺がはめてやるのを待ってくれないのがつくづくこいつらしい。行こうと決めたらどんどん行ってしまうタイプだ。体感時間なら五十年以上つき合っていることになるだろう。自分の一部のように思うことがある。

過酷な記憶を分かち合える、世界にたった一人の、俺の仲間。

俺はアップライトピアノの覆いを取り、蓋を開けた。古いがよく磨かれた鍵盤に、俺と彼女の顔がうっすらと映っている。

「何か弾くか。何がいい？」

「あなたが一番好きな曲」

「やめろよ。その台詞《せりふ》を聞くと俺はお前が」

「死なないわよ。今回は平気」

「……頼むぞ」

「大丈夫よ。あなたといると死ぬ気がしないの」

「よく言うぜ。まあ、作戦参謀《さんぼう》は任せとけよ。逃亡生活になるかもしれねえし」

「それも面白そう」

「勘弁してくれ」

それじゃまあ、と俺は腕まくりをした。

百年か、もっと前の『現在』に聞いた讃美歌《さんびか》のメロディを、俺はのんびりと弾き始めた。

背中にアンヌマリーの手が当たる。きっと歌ってくれるだろう。

温かい。

きっと俺の過去も未来も、彼女と共にあるのだろう。

※この作品はフィクションです。実在の人物・団体・事件などにはいっさい関係ありません。

集英社オレンジ文庫をお買い上げいただき、ありがとうございます。
ご意見・ご感想をお待ちしております。

● あて先
〒101-8050　東京都千代田区一ツ橋2-5-10
集英社オレンジ文庫編集部 気付
辻村七子先生

螺旋時空のラビリンス

集英社
オレンジ文庫

2015年2月25日　第1刷発行
2020年1月13日　第2刷発行

著　者　辻村七子
発行者　北畠輝幸
発行所　株式会社集英社
〒101-8050東京都千代田区一ツ橋2-5-10
電話【編集部】03-3230-6352
【読者係】03-3230-6080
【販売部】03-3230-6393（書店専用）
印刷所　図書印刷株式会社

※定価はカバーに表示してあります

ISBN 978-4-08-680009-9 C0193

集英社オレンジ文庫

真堂 樹

お坊さんとお茶を　孤月寺茶寮はじめての客

リストラの末に三久《みつひさ》が行き倒れたのは下町の貧乏寺。美形僧侶の空円《くうえん》と謎の派手男の覚悟《かくご》に助けられそのまま見習いになるが、ある事件の容疑者にされ…！？

阿部暁子

鎌倉香房メモリーズ

人の心の動きを「香り」として感じることができる香乃《かの》は、香り専門店『花月香房』に暮らしている。ある日、香りの力で老婦人の記憶探しを手伝うことになり…。

要 はる

ある朝目覚めたらぼくは　～機械人形《オートマタ》の秘密～

芸術家や職人が店を出す集落『エデン』に亡き祖父が遺してくれた雑貨店へ越してきた遼《りょう》。いつからか持っていたオートマタを店に飾ると、持ち主だという少女が現れ…？

下川香苗　原作／咲坂伊緒　脚本／桑村さや香

映画ノベライズ　ストロボ・エッジ

恋をしたことがなく、友達と騒がしい毎日を送る仁菜子《になこ》。ある日、学校中で大人気の蓮《れん》と出会ったことで、今まで知らなかった感情が芽生えて…。

2月の新刊・好評発売中